賢者の孫
15
和気藹々な乙女たち

「あ、あの！
……もしかして殿下と妃殿下も
恋愛結婚なんですか？」
さっきまでオドオドしていたアルマさんが
急に大きな声を出した。
「あ、ああそうだ」
急に態度が変わったアルマさんに
若干引きながらもオークがそう答えると、
カタリナさんとアルマさんの女性二人が
「わあ――」と歓声を上げた。
「こ、今度詳しくお話を
お伺いしてもよろしいでしょうか？」
素直に感激しているカタリナさんと違い、
アルマさんの食いつきが凄い。
アルマ=ビエッティ

マリア＝フォン＝メッシーナ
「じゃあ皆、お疲れ様！」
マリアはそう言うと、
そそくさとゲートで帰ってしまった。
「あ！　おい、待てメッシーナ！」
オーグが慌てて手を伸ばすが、
ゲートは無常にも閉じてしまった。

「あの、ちょっと聞いていいですか？」

「なんだ？　どうしたコーナー」

「大丈夫なんですか？

例えば、その……

平民女性が貴族男性に
嫁ぐとか……」

アリスは、ちょっとモジモジしながら
そうオーグに訊ねた。

ヒイロ

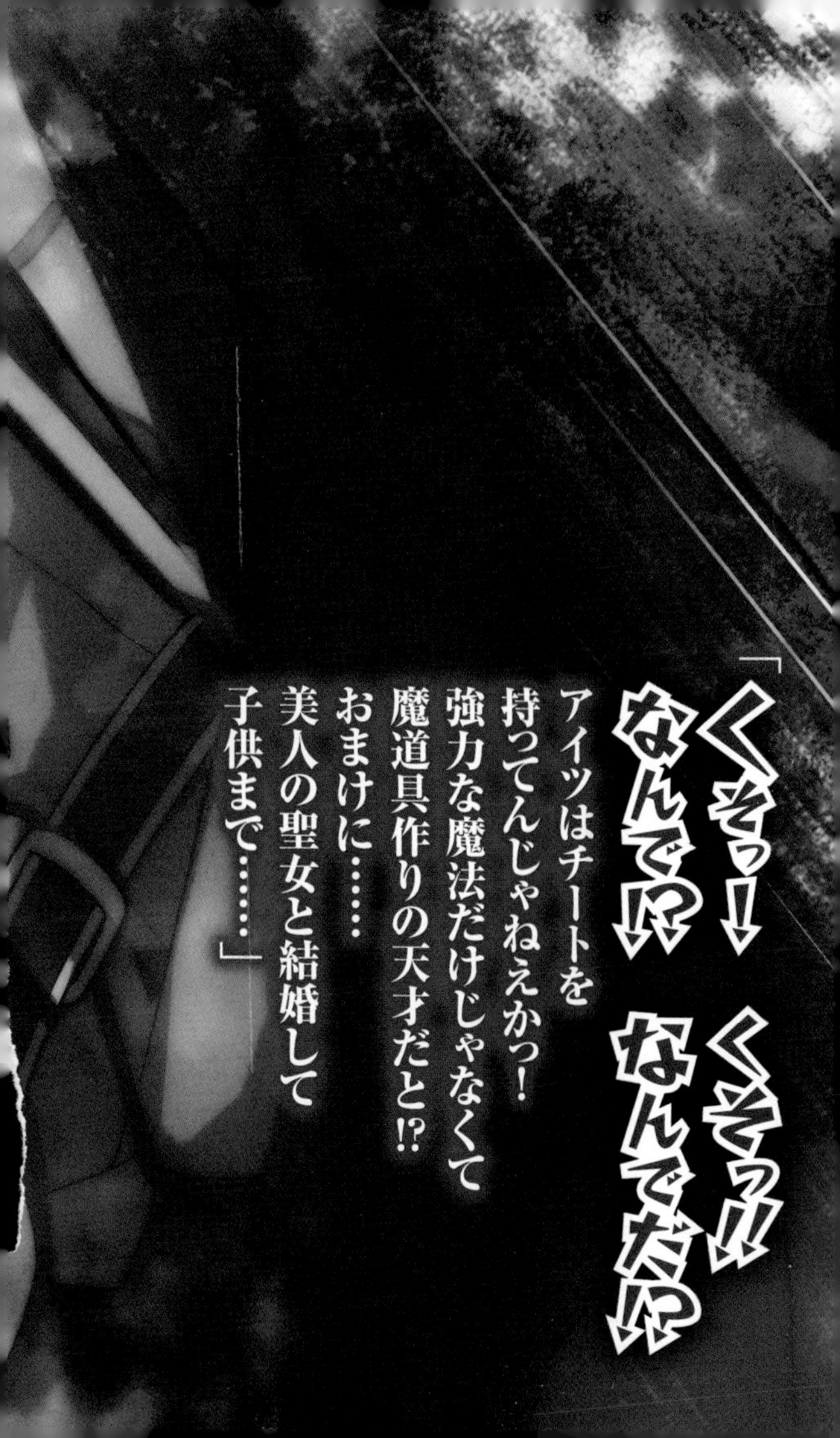
「くそっ!!　くそっ!!
なんでだ!?　なんでだ!?
アイツはチートを
持ってんじゃねえかっ!
強力な魔法だけじゃなくて
魔道具作りの天才だと!?
おまけに……
美人の聖女と結婚して
子供まで……」

アリス＝コーナー
「あ、あぁ。本人たちが
納得しているのなら
特に問題はないな」
「そうなんですか!?」
戸惑いながらもオーグが答えると、
アリスが更に食いついた。

賢者の孫15
和気藹々な乙女たち

吉岡 剛

FB
ファミ通文庫

イラスト／菊池政治

賢者の孫 15

Contents

序章

世界中から『聖女』と呼ばれ親しまれているシシリーと、アールスハイド王国の王太子妃であるエリーの懐妊《かいにん》の報《ほう》は、あっという間に世界中を駆け巡り様々なところで祝われた。

シシリーの懐妊は、先の魔人王戦役《まじんおうせんえき》に参加した英雄に子供ができたということで、戦後の混乱期が終わり、真に世界が平和になったことの象徴として世界中で祝われた。

エリーの懐妊は、他国からしてみれば「へえ、そうなんだ。おめでたいね」くらいの認識だったが、アールスハイド王国にとってはそうではない。

アールスハイド王国の英雄。

幼い頃から神童《しんどう》と呼ばれたオーグの妻で王太子妃のエリー。

そのエリーが懐妊したということは、アールスハイド王国の次世代を身籠《みご》もったということであり、アールスハイド王国が今後も発展していくということに他ならない。

アールスハイド王国国民の喜びようは凄まじく、酒場では『王太子殿下《でんか》と王太子妃殿下のお子様に乾杯！』という掛け声が流行っているらしい。

自分たちの子供が、こんなにも沢山の人たちに祝福されて生まれてくることができることに、大きな嬉しさと、少しの恥ずかしさを感じる。

同時期に妊娠《にんしん》が判明したオリビアは、俺たちほどではないが、常連客からは盛大に祝福してもらったらしい。

連日お祝いだと称して、皆が店であれやこれやと注文してくれるそうだ。

自分たちには、これくらいが丁度いいってマークと笑っていたのが印象的だった。

そんな風に、俺たちの関係は今までの友達同士から、夫婦同士、そしていずれは親子同士に変わっていくんだろう。

俺は、そんな穏《おだ》やかな日々が、これからも続いていくと、信じていた。

第一章　王太子妃は大変だ

王太子妃であるエリーが懐妊《かいにん》した。

その報《ほう》はシシリーのときと同じように王国中を駆け巡った。

シシリーのときと違うのは、エリーが王太子妃であるということ。

つまり、王国の次代を身籠《みご》もったということである。

聖女様と慕《した》われているとはいえ、俺に嫁《とつ》いできたシシリーの立場は平民。

皆も祝福してくれたが、エリーの場合は規模が違った。

エリー懐妊の報が伝えられた翌日、国が休日になった。

あちこちで祭りが催され、老若男女問わずオーグとエリーに祝杯をあげた。

お祝いの品だけだった俺たちとは違い、各国の大使が王城に祝いの言葉を述べに来た。

何もかもが俺たちと規模が違う。

「エリーって偉い人だったんだな」

「え？　今更ですか？」

さっき王都中が騒いでいるのを見てきた俺がそう呟《つぶや》くと、シシリーが驚いた顔をした。

「元公爵家のご令嬢で、現王太子妃で、将来の王妃様ですよ？　世界に何人もいない立場の御方ですよ？」

「いやあ、普段のエリーを見てるとなあ……」

「まあ……確かに私たちと一緒にいるエリーさんは気安く接してくれていますけど、夜会やお茶会などの社交の場では、おいそれと近付けないくらい気高い雰囲気《ふんいき》なんですよ？」

気高い雰囲気のエリー……。

「っんふ」

堪え切れずに漏《も》れた笑いにシシリーが苦笑した。

「シン君が何を想像したのか想像がつきますけど……それってシン君も同じですからね？」

「え？　俺？」

ちょっと待て。

俺は気高く近寄りがたい雰囲気など出したことはない。

俺が首を傾《かし》げていると、シシリーが教えてくれた。

「友情に篤《あつ》く、民を想い、慈愛《じあい》に満ちた世界を救った英雄。それがシン君の世間一般での印象ですよ」

「やめてくださいおねがいします」

うおお……背中がムズムズする！

アールスハイド王家主導で発行された本の影響で、俺に対するイメージがとんでもないことになっている。

シュトロームとの対決まで書かれた第二巻を読んだとき、どこの聖人だ？　と思ったくらい美化されていた。

発売前の見本誌を皆で読んだとき、一巻のとき以上に大爆笑された。

アリスとリンに至っては、笑い過ぎて痙攣《けいれん》していた。

それくらい、実際の俺と世間一般が抱くイメージが乖離《かいり》してしまっていた。

「まあ、エリーさんは実際人前ではそういう風に振る舞いますからね。イメージだけ独り歩きしてしまっているシン君とは違うかもしれませんけど、本当の自分とは違うというところは同じなんですから、笑っては可哀想《かわいそう》です」

「それは、確かにそうだけど……」

シシリーの言いたいことは分かる。

俺とエリーは似たような立場なのだから、笑うのは確かに失礼かもしれない。

しかし、俺は言いたい。

「エリーは俺の本を読んだとき、呼吸困難になるくらい爆笑しやがったからな」

「……そうでしたね」

笑い過ぎて痙攣しているアリスとリンの横で、同じく笑い過ぎてこっちは呼吸困難になったエリーを、シシリーが慌《あわ》てて治療していた。

俺は、そのことを忘れない。

「俺らの前で貴族令嬢らしい振る舞いなんてしたことないからさ。普通に御令嬢として振る舞ってるエリーが想像つかないんだよな」

「あんな態度は私たちの前だけですよ。というか、シン君と出会った後からですね」

「ああ、あの合宿のとき？」

「ええ。メイ姫様は昔から天真爛漫《てんしんらんまん》で有名でしたけど、エリーさんは貴族令嬢の見本とまで言われていた方ですから」

「マジで？」

シシリーの言葉を聞いて、普段のエリーの姿を思い出す。

「令嬢しているエリーを見たら吹き出すかもしれない」

「笑っちゃ駄目ですよ。まあ、今の私たちの立場は平民ですからね。王太子妃としてのエリーさんを見る機会はあんまりないと思いますけど」

「その代わり、素のエリーは見られるわけか」

「不思議な立場ですよねぇ」

シシリーはそう言いながらクスクス笑っていた。

そのとき、俺たちのいるリビングにゲートが開きオーグとエリーが出てきた。

どっかで俺らのこと見てたんじゃねえの？　ってくらいピッタリなタイミングだな。

「どうしたんですか？　殿下《でんか》、エリーさん」

シシリーがそう訊《たず》ねると、エリーはソファーに座り深い溜《た》め息《いき》を吐いた。

「すみませんが、すこし休ませてくださいな」

「それはいいけど、わざわざウチに来なくても王城で休んだ方が至れり尽くせりなんじゃないの？」

俺がそう訊ねると、オーグが苦笑交じりに答えた。

「王城だと、王太子妃としての顔を崩すわけにはいかないからな。ここなら気が抜けるんだろう」

「そういうことですわ」

オーグの言葉を肯定《こうてい》したエリーは「んー」と思い切り背伸びをした。

「はぁ……王城の侍女《じじょ》たちがいる前ではこんなことすらできませんもの。本当の意味で羽を伸ばせるのはここだけですわ」

エリーはそう言うと、グッタリとソファーにもたれかかった。

「すまんなシン。少しの間休ませてやってくれ。それではエリー、後で迎えにくる」

「分かりましたわあ」

オーグは開いたままのゲートをもう一度通って帰って行った。

返事をするエリーは、完全にオフモードだ。

……これが完璧な令嬢……？

ますますさっきのシシリーの言葉が結びつかない。

それが表情に出ていたのだろう、エリーが深く身体を預けていたソファーから身を起こし睨《にら》んできた。

「ちょっとシンさん、またなにか失礼なことを考えているでしょう？」

「なんで分かった⁉」

「かれこれ三年も友人付き合いをしていますのよ。シンさんの奇妙奇天烈《きみょうきてれつ》な思考くらい分かりますわよ！」

「奇妙奇天烈って……」

いつの時代の言葉だよ。

「それで？　一体どんな失礼なことを考えていたのです？」

「え？　ああ、エリーが完璧な令嬢だなんて信じられないなって」

「本当に失礼ですわ‼」

うおう、エリーがメッチャキレてる。

「まあまあ、落ち着いてくださいエリーさん。興奮するとお腹の子に障《さわ》りますよ？」

「ふぅ〜！　ふぅ……そうですわね。ありがとうシシリーさん」

「いえ、どういたしまして」

「それで？　なんでそんなこと考えたんですの？」

「いやあ、シシリーからエリーが淑女《しゅくじょ》の見本だって聞かされてさ。俺の知ってるエリーって、今みたいにソファーにだらしなくもたれかかったり、大声でキレたりしてるところしか見てないから信じられなくて」

俺がそう言うと、エリーはちょっとバツが悪そうな顔をした。

「しょ、しょうがないじゃありませんか。私は幼いころから公爵令嬢として、オーグの婚約者として、周囲に見られていたのです。オーグの妻の座を諦めていない令嬢やその家族に隙を見せるわけにはいかなかったのです。そんな私が素を見せても侮《あなど》られず問題のない居場所。それが皆さんの側なのですわ」

「そうなの？」

「そうなのですわ」

そうなのか。

王太子の嫁は大変だな。

「そもそも、ここへは陛下もよく通っているではありませんか。ウォルフォード家は、いわば王族の安息の地なのですわ」

「うちを勝手に安息の地にするんじゃないよ、まったく」

「え？　あ！　メ、メリダ様⁉　も、申し訳ございません！」

うわ、出た、ゴッド婆ちゃん。

「ああ⁉」

「なんも言ってねえ！」

また顔に出てたのか？

そもそも、そんなの顔色見ただけで分かるもんなの⁉

「まったくこの子は……ああ、冗談だからそう恐縮しないでいいさね。座って安静《あんせい》にしておいで」

「は、はい。失礼します」

エリーはそう言うと、綺麗《きれい》な所作でソファーに座りなおした。

「へえ……」

こういうのを見ると、シシリーの話もあながち嘘じゃないのかも。

「……今、なにか変なこと考えましたわね？」

「だから、なんで……」

「シンさんの考えそうなことくらい分かりますわよ」

「ふふ、あはは」

俺とエリーのやり取りを見ていたシシリーが、クスクスと笑っている。

「笑いごとではありませんわシシリーさん。旦那《だんな》さんが友人の妻を変な目で見ているのですよ？　少しは窘《たしな》めなさいな」

「ふふ、すみません。でも、エリーさんの言うシン君の変な目って、文字通りの変な目ですよね？」

「だから、それを止めさせなさいって言ってるのですわよ！」

「まあまあ落ち着いて。お腹の子に障りますよ」

「本当にもう！　この夫婦は……う……」

「大丈夫ですか⁉　エリーさん！」

エリーは少し気分が悪そうにすると、うちのメイドさんが用意したオレンジジュースを一口飲んだ。

「ふう、大丈夫。落ち着きましたわ」

「……っほ。エリーさん、大分悪阻《つわり》が重そうですね」

「ええ、まあ。ただ、少しでも気分が悪そうにすると周りが大騒ぎしますので、余計に心が休まらないのですわ」

「王太子妃は大変ですね」

「まったくですわ」

そりゃあ、エリーのお腹にいるのはアールスハイド王家の次代だからな。

大騒ぎもするか。

「そういえば、もう一人の妊婦はどうしたんだい？」

シシリーとエリーのやり取りを見ていたばあちゃんが、ここにいないもう一人につい
て聞いてきた。

「そういえば、オリビアは大変みたいだよ」

オリビアの様子については、ちょっと前にマークから聞いていた。

「大変って、どういうことですの？」

「なんでも、マークの家にいたら工場の音が気になって仕方がないし、かといって実家
に帰ったら食堂だろ？　匂いで吐いちゃうんだってさ」

「ええ？　本当に大変じゃないですか！」

「だから、静かなところに部屋を借りたらしい。マークとオリビアのお母さんが交代で
世話をしに行ってるんだってさ」

子供が生まれたらマークの家に帰るらしいけど、それまで二人暮らしするってさ。

「あれまあ、それは気の毒に」

ばあちゃんはオリビアに同情してそんなことを言うけど、実はそうでもないらしい。

「マークが言うには、マークの家もオリビアの家も、職人さんやら店員さんやらが大勢いて騒がしいらしくて。今の生活は静かでいいって言ってたよ」

騒がしい家にいたら、新婚なのにイチャイチャできないらしい。

「なんだい。心配して損したよ」

さっきは気の毒そうな顔をしていたのに、実はそうでもなかったと知ったばあちゃんが呆《あき》れた顔をしていた。

「ふふ、その点うちはいいですね。使用人さんたちも必要以上に騒ぎ立てたりしませんし、なにより子育ての先輩であるお婆様がいますから」

「まあ、うちには大騒ぎするような人間はいないし、静かで落ち着いたもん……」

シシリーの賛辞《さんじ》に照れ臭そうな顔をしたばあちゃんがそう言っている最中に、俺の無線通信機の着信音が鳴った。

これは……。

「……はいシンです。ああ、はい。え？　またですか？　はあ、分かりましたよ」

そう言って通信を切った俺は、すぐにゲートを開いた。

「えっと……もしかして？」

「……その通りだよ」

苦笑しているシシリーに答えると、迎えに行っていないのに向こうからさっきの通信の相手がゲートを潜ってやってきた。

「はあ、疲れたあ。あ、お茶貰えるかしら？」

ゲートから出てくるなり側に控えていたマリーカさんにお茶を依頼した人物。

それは……。

「かしこまりました。教皇猊下《きょうこうげいか》」

エカテリーナさんだ。

「あら、エリザベート妃殿下もいたのね。体調はどう？」

「は、はい！　お陰様でなんの問題もなく！」

「あら、そうなのね。シシリーさんは？」

「問題ありませんよ」

「そう。ふふ、順調そうで良かったわ」

エカテリーナさんはそう言って微笑《ほほえ》むと、優雅《ゆうが》にソファーに座り……。

「なあにが順調そうで良かっただい。アンタ、昨日も来てたじゃないか」

ばあちゃんのお小言《こごと》を貰っていた。

「ええ？　いいじゃないですかあ。ここが一番落ち着くんですよお」

「はあ……アンタといいディセウムといい、どうしてこうウチを避難所に使うのかねえ」

「あ……申し訳ありません」

「ああ。エリーはいいさ、妊婦だからねえ。落ち着ける場所は必要さね」

「ええ？　依怙贔屓《えこひいき》ですよ師匠！」

「いい歳した大人が依怙贔屓とか言ってるんじゃないよ！」

「ぶう！」

「はは……」

エカテリーナさんって、うちに来ると幼児化するよな。

まあ、それくらいばあちゃんに心を許してるってことなんだろうけど。

「それにしても、さっきまで落ち着いたいい雰囲気だったのに、アンタが来た途端騒がしくなったねえ」

「ちょっ、どういう意味ですか、それ⁉」

「そのまんまの意味だよ！」

世にも珍しい、導師と創神教教皇《そうしんきょうきょうこう》の漫才《まんざい》が見られる家。

……これ、心休まるのか？

「きょ、教皇猊下がいらっしゃるなんて……落ち着きませんわ……」

だろうねえ。

エカテリーナさんが来るという、エリーにとってのハプニングはあったが次第《しだい》にその状況にも慣れ、十分休むことができたようだ。

まあ、エカテリーナさん自身がだらけた姿を見せているしな。

そうやってまったりしていると、リビングにゲートが開いた。

「あらオーグ、もう休憩はおしまいですの？」

ゲートから出てきたオーグを見て、エリーは残念そうにそう言った。

「ああ、すまないが戻る準備をしてくれ」

オーグはそう言うと、ソファーで寛《くつろ》いでいるエカテリーナさんを見つけ、軽く頭を下げた。

「教皇猊下もいらしていたのですか」

「ええ、ごきげんよう殿下。妃殿下はもう少しゆっくりさせてあげられないの？」

「そうしてやりたいところなのですが、エリー自身の祝いなので本人が姿を見せないわけにはいかないのです」

「あらそう。これから何があるの？」

「国内の貴族からの祝辞《しゅくじ》です。まあ、順番に顔を見せて簡単な祝辞と祝いの品の目録《もくろく》を置いていくだけなので、エリーの負担にはならないかと」

「そう、大事にしてあげてね」

「はい」

そう返事するオーグの表情は親愛に溢《あふ》れている。

オーグのこういう顔を見るのは珍しいな。

まあ、俺らにこんな顔向けられても気持ち悪いだけだけど。

っと、そうだ。

「そういえば、エリーに渡そうと思ってたものがあったんだ」

「え？　なんですの？」

「実はもう、シシリーとオリビアには渡したんだけどな。これ」

立ち上がり、帰ろうとしていたエリーを呼び止め、俺は異空間収納から取り出したあるものをエリーに渡した。

「ペンダント……ですの？」

「そう。前にも説明したと思うけど、妊娠《にんしん》したら『異物排除』のペンダントは着けられない。胎児《たいじ》を異物と認識しちゃって堕胎しちゃうからね」

「そう伺っておりますわ。なのであのペンダントは、私の手に触れないように保管してあります」

「うん、絶対触っちゃ駄目だよ。そんで、それの代わりになる付与をこのペンダントに付けたんだ」

「そうでしたの」

エリーはそう言うと、俺が渡したペンダントを顔の高さに持ち上げて見つめた。

「『毒物排除』と、『自動防御』を付与してある」

俺がそう言うと、オーグが首を傾げた。

「『自動防御』？」

「ああ。エリーはもちろんだけど、シシリーもオリビアも今は魔法が使えないだろ？ そんなときに万が一なにかあったら大変だからさ。念の為に付けといた」

「ほう。どんな付与なのだ？」

「ペンダントを着けている身体に害が及びそうになると、自動的に魔力と物理の両方の障壁が展開されるようになってる」

最初は、害意に反応するようにしようと思ったんだけど、イメージが思い付かなかったんだよな。

なので、ペンダントから半径二メートルに魔力によるレーダーのようなものを張り巡らせ、身体に害が及びそうなスピードで近付くモノがあった場合、障壁が展開されるようにしたら上手いことイメージできた。

結果的に害意がない事故も防げるようになったのは嬉しい誤算だった。

そう説明すると、オーグとエリーは嬉しそうに顔を綻《ほころ》ばせた。

「これはありがたいな、シン。よく作ってくれた」

「シンさん、ありがとうございます。オーグ、早速着けてもらえますか？」

「ああ」

オーグはそう言うと、エリーにペンダントを着けた。

ペンダントを着けてもらったエリーは、嬉しそうにペンダントトップに触っている。

「シン、ありがとう。この礼はまた今度に」

「いいって、友達のために作ったもんで礼なんてもらえねえよ」

今までだってタダで魔道具とか作ってあげてたのに、なんで急にそんなこと言い出したんだ？

「エリーは本当にただの人間だからな。ウォルフォード夫人やビーン夫人ほど危機管理能力がないから、自動的に身を守ってくれる魔道具は本当にありがたいのだ」

「ちょっと、アルティメット・マジシャンズの女性陣と一緒にしないでいただけます？」

オーグは真剣な顔で説明しているのだが、比べられる対象がシシリーやオリビアなのが不満なのかエリーが口を尖《とが》らせる。

「今回は本当に感謝しているから代価を支払いたかったのだが……」

「いいって。それでも気になるなら、俺からの懐妊祝いってことにしといてくれよ」

「そうか……分かった。厚意を受け取っておこう」

「ああ。あ、言っとくけど転ぶなよ？　転んでも障壁は展開されないからな」

「分かりましたわ。それではシンさん。ありがとうございます。皆さんも失礼いたしますわ」

エリーはそう言うと、ゲートを潜って王城へと帰って行った。

「それにしてもオーグの奴、珍しく俺の魔道具を褒《ほ》めてたな」

「それはそうよ。シン君は自分でシシリーさんを守るための魔道具を作れるけれど、殿下はそうはいかないもの」

「そうなんですかね？　いつもだったら『お前はまた、こんなものを作って』とか小言を言うかなって思ってたんですけど」

俺がそう言うと、シシリーがちょっと呆れた顔をしていた。

「そう言われるのが分かっていて作ったんですか？」

「まあね。いくらオーグから小言を言われようが、シシリーの身の安全には代えられない。どんなに怒られてもいいって思って作った」

「そ、そうですか……」

キッパリと俺が言うと、シシリーは赤くなって俯《うつむ》いてしまった。

そんな光景を見て、エカテリーナさんがクスクス笑っている。

「ふふ、本当に仲がいいのねえ。まあ、要は殿下もシン君と同じ気持ちだったということよ。どんなに規格外で非常識なものであったとしても、妃殿下の身の安全には代えられないと、そう思ったのね」

「まあ、オーグって結構エリーのこと大事にしてるしなあ」

「え……結構どころか、大分溺愛《できあい》されてますよ？」

「え？　そうなの？」

オーグがエリーを溺愛……っていうか、俺の目にはオーグがエリーの尻に敷かれているようにしか見えない。

エリーに詰め寄られると珍しくタジタジになるし、クワンロン出張時はエリーへの連絡を忘れていて青ざめていたし。

あいつ……基本ドSのくせに、M属性まで持ってんのか……？

「なにか、また変なことを考えてるみたいですけど、殿下のエリーさんへの溺愛は結構有名ですからね」

「へえ」

そういや、お披露目会で自分に興味を示さなかったエリーに、逆にオーグが興味を持ったのが馴《な》れ初《そ》めだっけ。

その話を聞いたときは意外だったなあ。

なんせエリーは、俺がオーグと仲が良すぎるからって俺に嫉妬《しっと》してたくらいだから、エリーの方からオーグに迫ったのかと思ってた。

結局、オーグとエリーも相思相愛ってことか。

「まあ、俺への小言を忘れるくらいエリーのことが大切ってことか。仲が良さそうでなによりだ」

「ふふ、そうですね」

「でも、それにしたって喜び過ぎじゃないか？　王太子妃であるエリーなら周囲の人間がガチガチに守ってるだろうし、危険なことなんてないんじゃない？」

「それはそうですけど、妊婦は本当に気を付けないといけないみたいなんです。私も、なにかしようとするたびにナターシャさんに取り上げられてしまって……」

シシリーはそう言うと、ずっと空気に徹していたイースからの派遣員であるナターシャさんを見つめた。

本人は睨んでるつもりなのだろうが、小さく頰《ほお》を膨《ふく》らませて見つめるその姿は、もうすぐ二児の母になろうというのにメッチャ庇護欲《ひごよく》をそそられるくらい可愛い。

だが、見つめられたナターシャさんは可哀想なくらい狼狽《うろた》えていた。

「し、しかし！　御子《みこ》を身籠もられている聖女様にご負担をかけることなどあってはならないこと！　なんと言われようと、ここは譲りません！」

狼狽えつつもそう答えるナターシャさん。

なんでこんなに聖女至上主義なんだこの人。

元々シシリーの友人で、同じく護衛《ごえい》として空気に徹しているミランダは、そんなナターシャさんを見て溜め息を吐いていた。

「ナターシャは過保護すぎなんだってば。シシリーは見た目ほどか弱くないって」

シシリーの護衛としていつも一緒にいるからか、ミランダはいつの間にかナターシャさんとかなり仲良くなっているらしい。

そんなミランダの物言いに、ナターシャさんは猛烈に嚙み付いた。

「なにを言ってるのよミランダ⁉　聖女様なのよ⁉　全世界の人間が一丸となって守るべき対象でしょうが‼」

全世界って……。

っていうか、そもそもシシリーが呼ばれている聖女って、創神教の正式な役職じゃなくて、世間が勝手に言ってる二つ名みたいなもんなんだけどな。

「まあ、確かに魔法が使えない今のシシリーは、ただのか弱い女性だけど……」

「そうでしょう！」

「だからって、過保護すぎだって言ってるのよ！」

「そんなことないわよ！」

あーあ、ミランダとナターシャさんが喧嘩《けんか》を始めちゃったよ。

命を賭《と》してシシリーを守り抜けって命令したはずのエカテリーナさんまで苦笑してる。

さすがのエカテリーナさんも、ナターシャさんの過保護ぶりには思うところがあるのだろうか？

そう思っていると、ばあちゃんが呆れながら会話に加わった。

「やれやれ。シシリーのことを大事に思ってくれるのはありがたいけど、なにもさせないってのもよくないんだよ」

「え？」

自身が所属している創神教の教皇でイース神聖国の国家元首であるエカテリーナさんに拳骨《げんこつ》をかませるばあちゃんの言葉に、ナターシャさんは信じられないという顔をした。

「ま、まさか、導師様までそんなことを仰るなんて……」

「これはシシリーがどうとかいう話じゃなくて、妊婦だからって少しも動かないってのはあんまりよくないって話なんだよ」

それは俺も聞いたことがあるな。

昔は、妊婦はお腹の子供の分まで栄養を取らないといけないとか、そのために太ってもしょうがないとか言われていたみたいだけど、妊婦が太りすぎると産道が脂肪で狭まってよくないって話は聞いたことがある。

「……そうなんですか？」

「なんだい。アンタ、治癒魔法士じゃないのかい？」

ナターシャさんは若くして創神教の司教まで上り詰めた人だから、当然治癒魔法は使えるんだろうけど、それにしてはちょっと知識が偏《かたよ》ってる気がするな。

そう思っていると、その答えはエカテリーナさんからもたらされた。

「ナターシャは治癒魔法も使えますが、一番得意なのは攻撃魔法なんですよ。なので、シシリーさんの護衛というか、露払いの意味もあって彼女を選抜したんです」

あ、そうだったのか。

まあ、確かに治癒魔法ならシシリーがいればいいわけで、そのサポートをするなら治癒魔法士より護衛に向いた能力の人の方がいいわけだしな。

「治癒魔法士として司教の座を手に入れたのではなく、その攻撃魔法で国を守ってきた功績が認められてのことですので、ナターシャに治療に関する知識を期待するのはちょっと酷ですよ」

そういえば、創神教の神子《みこ》さんといえば治癒魔法士のイメージが強いけど、イース神聖国にだって魔物の脅威から国を守る軍はある。

騎士団だけで構成されてるはずもないから攻撃魔法が使える人がいてもおかしくないよな。

イメージって怖いな。

「まあ、重いもんを持つとかそういう危ないことをしなけりゃ軽い運動はむしろするべきなのさ。だから、毎日散歩に行かせてるだろう？」

ばあちゃんがそう言うと、ナターシャさんは「なるほど」と納得した顔をした。

「どうして毎日私たち護衛を付けてまで外を出歩くのかと思っていましたけど……そういう理由だったのですね」

まあ、シシリーがそうやって毎日散歩に出かけるから、身の安全のためにさっきの魔道具を作ったんだけどね。

ちなみに、シルバーの散歩は爺さんとばあちゃんに任せっきりだ。

手を煩《わずら》わせて申し訳ないと思ったけど、当の本人たちがシルバーと遊べて嬉しそうなので気にしないことにした。

時々、シシリーのお母さんであるアイリーンさんもシルバーの世話をしに来てくれるし。

「ま、俺の作ったものでオーグとエリーが安心を得られたならよかったよ」

俺がそう言うと、皆がなにやら生温かい目を向けてきた。

「な、なに？」

俺がそう言うと、生温かい……というかエカテリーナさんがニヤニヤしていた。

「シン君って、やっぱり仲間想いよねえ」

「友達のためになるならどんな無茶なことでもするんだから。あながちあの本の内容も間違ってないんじゃない？」

「む、無茶って……っていうか、友達を助けるのは当たり前だろ」

なんか急に恥ずかしくなってきた。

俺がそう言うと、ばあちゃんがやけに優し気な顔をしていた。

「そういうところはシンの美点だねえ。だから皆がアンタの周りに集まるんだろうね」

ど、どうしたんだろう？

ばあちゃんが優しいなんて。

天変地異の前触れか？

いつもと違うばあちゃんに戦々恐々《せんせんきょうきょう》としていると、ばあちゃんはなぜか溜め息を吐いた。

「ただまあ、その助ける手段が滅茶苦茶《めちゃくちゃ》なんだけどね。そこはアンタの欠点だよ」

ばあちゃんがそう言うと、リビングが笑いに包まれた。

「おい！」

笑ってないのは俺と、意味が分かってないシルバーだけだ。


「んなっ⁉」

は、はあ⁉

くそう……ばあちゃんが褒めてくれるなんておかしいと思ったよ！

◆

エリーにペンダントを渡してから数日。

俺たちはいつもの日常を過ごしていた。

シシリーとオリビアが妊娠により魔法を使えなくなってしまったので、マークは俺とコンビで動くことになった。

皆も治癒魔法は使えるけれど、どうしてもシシリーほど使いこなせない。

それもそのはず、シシリーは生物の身体の仕組みを理解するまで魔物を討伐し、吐きながら自分で解体をしていた。

けど、他の皆はそこまでやっていない。

言ってしまえば治療院にいる神子さんたちとそう治癒魔法の腕は変わらない。

それなのに誰かが治療院に詰めても仕方がないということで、シシリーに代わる人材は治療院に派遣されなかった。

その代わり、なにかあれば俺に連絡が来ることになった。

実力の上がった治療院の神子さんたちの手に負えない患者《かんじゃ》がそうそう来るとは思えな

かったが、これが一日に一件は必ず連絡が来た。

事故、事件、病気など、毎日誰かが命の危険に晒《さら》されている。

それと向き合うのは、一件だけでもかなりのストレスだ。

「ふう……」

「あ、お帰りなさいッス。ウォルフォード君」

「ああ、ただいま、マーク」

今も緊急で呼び出されたため、治療に行ってきた帰りだ。

その間、マーク一人で依頼を遂行してもらっていたのだが、どうやら終わって帰ってきていたようだ。

「随分《ずいぶん》お疲れッスね？」

「え？　ああ。まあ、体力的には大丈夫なんだけど、精神的にね……」

「……そんなに非道《ひど》かったんスか？」

疲れた表情を見せる俺に、マークが気遣わし気にそう訊ねてきた。

今回俺が呼び出されたのは、工事現場で事故が起こったからだった。

負傷者を動かすのは危険ということで現場で治療をしたんだけど……。

そこには、もうすでに亡くなってしまった人が横たえられていた。

いくら俺やシシリーでも、即死されてしまったらどうしようもない。

それでも懸命に治療を施《ほどこ》し、なんとか生き残っていた人を助けることはできた。

それを皆は喜んでくれたのだけれど、どうしても亡くなってしまった人の顔が頭から離れなかった。

そう話すと、マークはなんとも言えない顔をしていた。

「それは……ウォルフォード君のせいじゃないッスよ」

マークはそう言ってくれるし、それは俺も分かってるんだけど、どうしても気分が晴れない。

俺がそんな雰囲気を醸《かも》し出《だ》しちゃったもんだから、事務所内の空気も重い。

「あー、ごめん。なんか空気を悪くしちゃうし、今日の分の依頼は終わったから帰るよ。また明日な」

「あ、はいッス」

これ以上事務所にいても空気を悪くするだけだと思った俺は、本日分の依頼も終わったことだし、早々に帰宅することにした。

帰宅と言ってもゲートで帰るので、徒歩ゼロ分。

ゲートを抜ければすぐに自宅のリビングだ。

「あ、シン君、お帰りなさい」

リビングには、シシリーと護衛のナターシャさんとミランダ、それとシルバーがいた。

どうやら三人でシルバーと遊んでいたらしい。

「ただいま」

俺がそう言うと、シルバーが遊んでいた玩具《おもちゃ》を放って俺のもとに飛び込んできた。

「ぱぱ！　おかーり！」

「ああ、ただいまシルバー」

俺がシルバーを抱き上げながらそう返すと、シルバーは満面の笑みを浮かべて俺に抱きついてきた。

それは、とても愛おしい行為でとても嬉しかったのだけれど、同時に申し訳なさも心に浮かんできた。

「ぱぱ？」

「シン君？」

それが表情に出てしまったんだろう、シルバーとシシリーに気付かれた。

「どうしたんですか？　なにかありました？」

心配そうに俺を見上げてくるシシリーの横に、シルバーを抱き抱えたまま座った。

「ああ、実は……」

シシリーに、今日あったことを話す。

事故で死亡者が出たことに驚いた様子だったが、すぐに両手を組んで祈りを捧げた。

ナターシャさんもそうしているので、おそらく鎮魂《ちんこん》の祈りなんだろう。

それで、生き残っていた人は治療できたけど死亡者が出てしまったことが悔《く》やまれてならないということを話す。

「その人には家族がいたそうでね。奥さんと……まだ小さい子供がいるんだって」

俺はそう言うと、膝《ひざ》の上で大人しくしているシルバーの頭を撫《な》でた。

「そんな……」

亡くなった人に家族がいたということに、シシリーは悲しそうに瞳を潤《うる》ませて俺とシルバーを見た。

「俺がもっと早く駆け付けられていたら……もし身を守る魔道具を流通させることができていたら、その人は今日も家に帰って、こうやって子供を抱き締められていたのにと考えたら……」

俺は今日も、シシリーとシルバーに出迎えられた。

シルバーも父である俺に会えた。

けど……これからその人の奥さんは、もう旦那さんに会えない。

子供も父親に会えない。

それなのに、間に合わなかった俺は今日も家族団欒《かぞくだんらん》を享受《きょうじゅ》している。

それが申し訳なくてたまらなかった。

それだけじゃない、俺がシシリーやエリーたちに渡したような魔道具を流通させることができれば、今回のような悲劇は起こらなかったんじゃないか？

そんなことをグルグルと繰り返し考えて、憂鬱《ゆううつ》な気持ちになっていたんだ。

しかし、そこでナターシャさんがスッと手をあげた。

「よろしいでしょうか御使い様」

「え？　あ、うん」

ナターシャさんは咳払いを一つすると語りだした。

「御使い様。そのお考えは、神ならざる身としてあまりにも傲慢《ごうまん》でございます」

「……傲慢？」

「はい。私たちは神ではございません。人の生き死にに関してなんら関与する権利を有していないのでございます」

「生き死にの権利……」

「はい。人の寿命は平等ではございません。極悪非道な悪人でも天寿《てんじゅ》を全うできる者もいれば、どんなに善人でも今回のように事故で急に亡くなる者もいます。事件に巻き込まれてしまう者もいるでしょう。病で亡くなってしまう方なんてそれこそ数えきれないほど存在します」

ナターシャさんはそう言うと、俺をじっと見た。

「私たち人間には治癒魔法があります。ですが、それでも全てを救い切ることなんてできないのです」

ナターシャさんはそう言うと、少し悲しそうな表情になった。

「私は魔物討伐を主な職務とする戦闘神子です。私は本職の神子ほどは使えませんが治癒魔法は使えます。ある時、共に魔物と戦った兵士が怪我をして、私の治癒魔法で治療したことがあります。その兵士は私に凄く感謝してくれました。そして……」

そこで悲しげに目を伏せた。

「翌日……脳溢血《のういっけつ》で亡くなりました」

その告白に、俺とシシリー、そして一緒に聞いていたミランダは息を呑《の》んだ。

「お分かりになりますか？　どんなに治療をしても、亡くなるときは亡くなるのです。私たちが治癒魔法で皆さんを治癒しているのは、神の慈悲《じひ》に縋《すが》り足掻《あが》いているにすぎないのです。そんな私たち人間が、人の生き死にを考えるなんて、傲慢もいいところだと思いませんか？」

どう足掻いても、亡くなるときは亡くなる……確かにその通りかもしれないな……。

俺が今日治療した人だって、もしかしたら、明日別の原因で亡くなるかもしれない。

ナターシャさんは、救えなかった人がいても気に病むことはないと言ってくれているんだろう。

シシリーや治療院の治癒魔法士なんて、それこそ自分の無力感に苛まれたことが数えきれないほどあるはずだ。

しかし、それでも治療を止めるわけにはいかない。

そこに、どんな葛藤《かっとう》があるのか、俺にはとてもじゃないけれど計り知れない。

「そう……ですね。ナターシャさんの言う通りです」

俺がそう言うと、ナターシャさんはホッとした顔をした。

「間に合わなかったものは仕方がありません。しかし、目の前にいる方たちをお救いすることはできたのでございましょう？　それはとても素晴らしいことですわ」

そう言って微笑むナターシャさんの顔は、とても慈愛に満ちたものだった。

「はい……ありがとうございます。お陰で、随分楽になりました」

「ふふ。御使い様でもお悩みになることがあるのですね。その悩みは、新人の治癒魔法士が皆一度は陥《おちい》るものです」

ナターシャさんがそう言うと、シシリーも大きく頷《うなず》いた。

「私も同じことを考えたことがあります。私にももっと……シン君ほどの治癒魔法が使えればと何度思ったことか。でも、その度に治療院の治癒魔法士である神子様に言われました。神ではない人の身では、どうしてもできることの上限がある。自分のできる精一杯で力を尽くせばいいのですと。全てを救うなど、神にしかできないのですから……そう言って頂けました」

そうだったのか。

でも、シシリーはそれを良しとしなかった。

だから、俺にスパルタでもいいから治癒魔法の訓練をしてくれと願い、吐きながらも訓練を続けたんだ。

でも……確かにそうだな。

俺は神様じゃない。

人の命のコントロールなんてできはしないんだ。

なら、今日は救えた命があったことを喜ぶべきだろう。

それにしても……。

「ナターシャさん、凄いですね。まるで聖職者みたいだ」

「私、紛《まぎ》れもなく創神教の神子で聖職者ですから！　戦闘神子だって経典はちゃんと修めてますし、司教ですから説法だってできるんですよ⁉」

あ、そういえばそうだった。

「すみません。普段のナターシャさんを見ているとつい……」

「つい、なんですか⁉」

ポンコツ神子なのかと……。

素晴らしい説法をしてくれたナターシャさんがガックリと項垂《うなだ》れているが、話してくれたことはとても納得できた。

確かに、全てを救おうなんて俺は傲慢だった。

それに、シシリーたちに渡した魔道具。

あれには俺が生成した人工魔石《ませき》が使われている。

クワンロンとの交易でこれから魔石が沢山流通するようになると思うけど、今それを使った魔道具を流通させても混乱を招くだけ。

身を守る魔道具で争いが起こったら本末転倒である。

「それに、あの付与はアンタにしかできないからねえ」

いつから聞いていたのか、俺の後ろからばあちゃんの声がした。

「今後魔石が流通すれば、防護の魔道具は増えるだろう。けど、シシリーたちが身に着けているペンダントの付与はアンタにしかできない。それとも、朝から晩まで、毎日毎日付与ばっかりするかい？」

「ゴメン。さすがに無理」

はあ、結局、俺は俺の手の届く範囲しか救えないってことか。

それでも、シシリーにオリビア、それにエリーを救えるならそれはそれでいいのかもしれない。

そう思った。

「へえ、そんなことがあったんスか」

世間一般で休日になる週末は、俺たちアルティメット・マジシャンズも休日だ。

俺たちが一人でも働いていると、事務員さんたちも休めないからね。

なので、休日は全員揃って休みになる。

午前中は家でシルバーと遊び、シシリーとイチャイチャしたあとビーン工房に来ていた。

クワンロンの前文明遺跡から持ってきた車の解体も終わり、現在は今の技術でどこまで再現できるか色々と試作中らしい。

あくまで試作品なので、通常業務中に作れなくて休みの日にマークの親父さんとか暇な職人さんが作っている。

その確認のために来ているんだけど、試作品が届くまで暇なのでマークと駄弁《だべ》っているのだ。

「シシリーとか、治療院で働いてる神子さんや治癒魔法士の人ってスゲエんだなって改めて思ったよ。技術がどうこうじゃなくて、心が俺なんかより何倍も強い」

「言われてみれば、治療院にいる人は神子さんだけじゃなくて看護師の人も強いっていうか怖いッスね。気が弱いとやっていけないってことなんスかねえ」

「というか、続けていくには心が強くならざるを得ないんじゃないか？」

「そッスねえ。ところでウォルフォード君」

「ん？」

「なんで市民証なんていじってんスか？」

試作品が出来上がるまでマークと駄弁っているが、それでも手持ち無沙汰《てもぶさた》なのでちょっと確認してみたいことがあって市民証をいじくっていた。

「これさあ、最初に登録した人以外に起動できないだろ？」

「そりゃそうッスよ」

「なんで？」

「なんでって……もしかしてウォルフォード君、市民証を解析しようとしてないッスか？」

「お、分かる？」

「分かるッスよ！　っていうか、今まで誰もできなかったッスけど、市民証の改造は犯罪ッスよ!!」

以前、好奇心から市民証に付与されている付与文字を見たときは、日本語が付与されていることの衝撃と、そのとき抱えていた問題が解決できるヒントを見つけたことから、付与文字の内容まで見ていなかった。

ついさっき、ふとそのことを思い出したのだ。

「いやいや、改造なんてしないって。付与されてる内容がどんなのか確認してみようって思っただけで」

これは銀行のキャッシュカードも兼ねてるんだ。

下手に改造して使えなくなったらメッチャ困る。

だから改造はしない。

けど、確認はしたい！

「確認って……まあ、見るだけならいいんスかね？」

「いいんじゃない？」

付与文字が見えなくなるようなプロテクトもかかってないし、見たければご自由にどうぞってことなんだろう。

現在の人間には再現不可能と言われている市民証とそれを付与する付与機だけど、マッシータ本人からしたら大した技術じゃなかったのかもしれない。

それはともかく、付与文字を浮かび上がらせようと市民証に魔力を通そうとしたとき、声をかけられた。

「あれぇ？　二人してなにしてるのぉ？」

その声に振り向くと、そこにはユーリがいた。

「あれ？　まだビーン工房でバイトしてんの？」

「ううん。モーガンさんが工房に忘れ物したらしくて、一緒に取りにきたのぉ」

「へえ。そのモーガンさんは？」

俺がそう言うと、ユーリはプクッと頬を膨らませた。

「親方たちが車の部品の試作品作ってるの見に行っちゃったのよぉ！」

「そ、そっか……」

一緒に来たってことは、このあとデートにでも行くつもりだったんだろう。

それなのに、彼女を置いて別のことに興味を惹かれてしまったと。

……モーガンさん、あとでちゃんとフォローしろよ……。

「でぇ？　二人して市民証見てなにしてんのぉ？」

「ああ……」

俺はさっきマークにした説明をユーリにもした。

すると、さっきまで不機嫌そうだったユーリの顔が満面の笑みに変わり、市民証を持っている俺の手を両手で握ってきた。

「なにそれぇ！　すごぉい！　早く！　早く試そうよぉ!!」

「うおっ！　近い！　近いから！」

「あ、ごめぇん」

ユーリはそう言うと、手を放し俺から離れた。

「はぁ、それじゃあやるぞ」

「あ、ちょっと待ってくださいッス。俺らじゃ付与文字読めないんで、なんて書いてあるか翻訳《ほんやく》して紙に書いてもらっていいッスか？」

「あ、そうだな」

マークに筆記用具を用意してもらい、俺は市民証に付与されている文字を浮かび上がらせた。

「「おお……」」

その付与文字を見て、マークとユーリが感嘆《かんたん》の声を漏らした。

そもそも付与魔法の書き換えって、俺しかやらないらしいし、付与文字が浮かび上がる光景が珍しいんだろう。

「ウォルフォード君、なんて書いてあるんスか？」

なんだかんだ言って、マークも興味津々だ。

俺は、付与されている文字をこの世界の文字に翻訳して紙に書いていく。

「え？　たったこれだけでこの意味になるんスか？」

「不思議ねぇ」

漢字は一文字で意味を成す文字もあるからな。

画数は多くても文字としては一文字だし。

そうして翻訳していたのだが、ある言葉が目に入り、紙に書き出していた手を止めジッとその言葉を見てしまった。

「ウォルフォード君、どうしたんスか？」

「なにか変なことでも書いてあったのぉ？」

二人の声でハッと我に返った。

「ああ、いや。なんか聞いたことのない言葉が書いてあったから」

俺はそう言うと、翻訳したその言葉を紙に書いた。

それを見た二人は、やはり俺と同じように動きが止まった。

「え？　どういう意味ッスか？」

「魔力紋《まりょくもん》？」

そう、俺が手を止めてしまった理由はユーリが呟いた言葉にあった。

魔力紋ってなんだ？

「なあ、魔法学院の授業で魔力紋なんて習わなかったよな？　もしかして中等学院で習うとか？」

そう聞いてみるが、二人の反応を見るにその可能性は低いだろう。

「いや、聞いたことないッスね」

「私もぉ」

マークとユーリも聞いたことがないらしい。

ということは、この魔力紋というのは一般知識じゃないってことだ。

魔力紋……魔力の紋章？

いや、まてよ……。

「指紋《しもん》とか声紋《せいもん》と同じ意味か？」

俺がそう呟くと、マークとユーリはハッとした顔をした。

「せいもんってのがなにかは分かんないッスけど、指紋は分かるッス！」

「確か、犯罪捜査に使われる指の痕《あと》よねぇ」

あ、指紋はあるけど声紋はまだ知られてないのか。

「声紋も指紋と一緒だよ。個人を特定するものだ。そんで、俺がこれを調べようと思った理由が……」

「どうやって個人の魔力を特定してるかってことッスよね」

「え、え、もしかしてウォルフォード君、今大発見しちゃったんじゃない？」

そう、かも。

「この市民証は、個人の魔力に反応して起動する。それは、最初に登録した者以外に起動できない。つまり……」

「人間には、固有の魔力紋があるってことッスか？」

「それしか考えられないし、そうだとしたら全部納得できる」

「やっぱりぃ、これぇ大発見よぉ！」

「あ！　ってことは、倒した魔物がカウントされてるのも、その魔物特有の魔力を検知してるからってことッスか⁉」

マークのその言葉で、俺は市民証に付与されている文字をもう一度調べてみた。

「ん？　接続？　一覧引用？」

これって……。

「もしかしたら、市民証を読み取る装置か付与装置に、魔物の魔力データベースがあるのかも。それで、一覧を参照して市民証に記録してるんじゃ……」

そうとしか考えられない。

一覧とは恐《おそ》らくデータベースのことだろう。

市民証の読み取り装置か付与装置のどちらかかは分からないけど、そこに魔物固有の魔力紋が登録されているんじゃないだろうか？

そして、市民証を持ったまま魔物を討伐すると、近くにあった魔力が消失することで討伐したとみなされるんじゃないだろうか？

そして、データベースと照合して討伐した魔物が市民証にカウントされる。

「やべえ……マッシータってマジで天才だ……」

もしかしたら、マッシータの前世はSEかなにかだったのかもしれない。

俺は魔力による通信というと電話しか思いつかなかった。

けどマッシータは、データベースへのアクセスに利用したんだ。

「改めて聞くと凄いッスね……」

「そりゃあ、ウォルフォード君以外に改造なんてできないわよねぇ」

ユーリが何気なく発した言葉に対し、俺は首を横に振った。

「俺でも無理だ。こんな精密な付与、なにをどう弄っていいのか見当もつかない」

俺のその言葉に、二人は息を呑んだ。

「マジッスか」

「うそぉ」

「残念ながらマジだ。こういうのを見せつけられると、俺は本当に凡人《ぼんじん》だなって実感するよ」

俺がそう言うと、今度は二人がジト目で俺を見てきた。

「ウォルフォード君が凡人って……」

「それぇ。よそで絶対言っちゃ駄目だよぉ?」

「いや、でも……」

俺の知識は全て聞きかじり程度のもの。

専門職の人には到底敵《かな》わない。

飛行艇にしたって、今作ろうとしている自動車だって、専門の人が見たら「なんでこんなもん作ってんだ」って言われそうなものばかりだ。

「ま、まあ、そんなことより魔力紋だよ。本当に魔力に個人差があるのか？」

「そうでした。でも、実際市民証が個人を魔力で認識してるなら、本当に違うんじゃないんスか？」

「でもぉ、だとしたら魔物はどうなるのぉ？　魔物はどの魔物を倒しても同じ魔物だって認識されるわよぉ？」

マークの意見で間違いないと思うけど、ユーリの疑問も尤《もっと》もだ。

三人で、ああでもないこうでもないと話しているが一向に埒《らち》が明かない。

「むぅ、実際に魔力紋が確かめられたらいいのにぃ」

ユーリのその言葉で、ハッとした。

「そうだよ。まずは魔力紋がどんなものか見てみないと始まらないじゃん」

ということで、色々と試してみることにした。

水を張ったタライに魔力を込めてみるが、水面が波打つだけで個別の違いなんか確認できなかった。

次に工業用の油で試してみたけど、これも結果は同じ。

同じように、液体状のものを色々と試してみたけど、どれも上手くいかなかった。

「はぁ……どうすりゃいいんだよ、これ」

「マッシータはどうやって魔力紋を鑑定《かんてい》していたんスかね……」

「ねぇ、ウォルフォード君。前に言ってたマッシータの手記に書いてなかったの？」

「いや、あれは手記っていうか日記みたいなものだったから、魔道具の研究についてはあんまり書いてなかったんだよな」

「そっかぁ……」

八方塞《はっぽうふさ》がりだ。

もうなにも思い付かなくて、テーブルの上に突っ伏してしまった。

「あ、ウォルフォード君。それ作業机っすから、服に材料を削った粉とか付いちゃうッスよ」

「え⁉ やばっ！」

マークの指摘に、俺は思わず突っ伏していた机から勢いよく上半身を起こし服の袖《そで》を見てみた。

「あ、粉が付いてる……」

マークの指摘通りに、服に材料を削った粉が付着していた。

「あーあ、踏んだり蹴ったりだな……」

その時、俺はあることを思い出した。

それはクワンロンでのこと。

クワンロンでは、魔法の代わりに呪符《じゅふ》と呼ばれる魔道具が発達していた。

それは、墨に魔石の粉を混ぜたもので文字を書くというもので……。

「……魔石の粉」

「「え？」」

俺の呟きに、二人が反応する。

「そうだよ。魔力の形を調べるんだから、魔力が通るものでないと意味がない。魔石は魔力の塊だから、それを粉にすれば……」

俺がそう言うと、ユーリが恐る恐る意見を述べた。

「で、でもぉ……魔石の粉って吸い込むと魔人化するんでしょぉ？　危なくない？」

「……なら、それを水に溶けばいいんじゃないか？」

「それでも、誤って摂取しちゃう危険はあるッスよ」

マークの言うことも尤もだ。

なら、どうする？

「あ、マーク、透明な板ガラス、二枚ない？」

「あるッスよ」

「ちょっと持ってきてくれない？」

「いいッスよ」

マークはそう言うと、部屋から出て行った。

「さて、その間に……」

マークが板ガラスを取りに行っている間に、俺は魔力を集め小さな魔石を作り出した。

「……相変わらず、この光景は信じられないわねぇ……」

魔石の生成は、長年謎とされていたので、目の前で魔石が生成される光景がユーリにはいまだに信じられないらしい。

さて……。

「持ってきたッスよ、ウォルフォード君」

魔石の準備ができたと同時にマークもスマホ大の板ガラスを持って帰ってきた。

「マーク、なんかこう……透明な箱で、その中に腕を突っ込んで作業するような工具ない？」

「あるッスよ」

「あんの？」

「細かくて軽い部品とか加工するときに使うッスね。部屋の風の流れとか、自分の鼻息とかで飛んでっちゃわないようにするんス」

「それだ！」

外気が入ってこないってことは、外にも漏れないってことだ。

「悪いんだけど、それ使わせてもらっていい？」

「いいッスよ。その魔石を削るんすよね？」

「そう」

マークが俺の意図を理解してくれて、すぐにその工具を使わせてくれた。

「さて、工具を使うと、その工具の破片も混じるかもしれないから魔法でやるか」

透明な箱に魔石を入れ、ゴムが張られた穴から両手を差し込む。

そして、左手で魔石に浮遊魔法をかけて浮かせ、右手の人差し指の指先にごく小さな空気の渦《うず》を作り出す。

それは高速で回転しており、魔石に近付けると少しずつ削りだした
「おお……あれ？　意外と飛び散んないッスね？」

「え？　もしかして……三つ同時に魔法使ってるぅ？」

「うん」

左手の浮遊魔法と右手の空気の渦、それと魔石の粉が飛び散らないように、その周囲

を空気の膜で包んでいる。

こうして魔石を削り、ものの数分で全部粉にできた。

「さて、次はこれを水に溶かす」

魔石の粉をガラス製の皿に全部移し、次は水の中にちょっとずつ入れていく。

「うしっ。できた。で、これを……」

マークが持ってきた二枚の板ガラスを見る。

「その板ガラスで挟む」

「挟む？」

首を傾げている二人をよそに、持ってきてもらった板ガラスの一枚に魔石水溶液を数的垂らす。

そして、もう一枚で挟む。

「……もうちょっと」

魔石水溶液が全体に行き渡らなかったので、もう数的垂らしてまた挟む。

「……よし。全体に行き渡ったかな？」

それを確認した俺は、早速その魔石水溶液を挟んだ板ガラスに魔力を流した。

すると……。

「わぁ！」

「マジッスか⁉」

板ガラスで挟んだ魔石水溶液が俺の魔力に反応し、波を作った。

魔力の放出を止めると、しばらく経ってから波は消えた。

「もう一回」

再度魔力を放出すると、さっきと全く同じ波がガラス面に映し出された。

「マーク、ユーリ、二人も試してくれ！」

俺がそう言うと、まずはマークから魔力を放出。

すると、俺とは違う形の波が浮かび上がった。

「一回魔力放出を止めて、波が消えたらもう一回やってみて」

「はいッス！」

そうしてもう一度魔力を放出してもらうと、やはり俺とは違う、さっきと同じ形の波が浮かび上がった。

「次は私ねぇ」

ユーリはそう言うと、マークと交代して同じことをした。

結果は……俺ともマークとも違う波が、同じ形で二回とも浮かび上がった。

それを確認したとき、俺たち三人に歓喜の震えが起こった。

「見つけたぞ……これが魔力紋だ‼」

マッシータ以降、誰にも受け継がれなかった魔力紋という概念を、俺たちが再発見した瞬間だった。

◆

「はあ⁉　魔力の個別識別だと⁉」

マークとユーリと共に、魔力に個別の波があることを発見し色々と検証を重ねた翌週の休日、俺はオーグに報告するために王城にやってきていた。

転生者と思われる昔の王様のお陰で、現在アールスハイド全体で週休二日制が導入されている。

で公務員……つまり王城勤務の人も休みなので王城も休みだ。

オーグに連絡したところ今日はエリーと部屋でまったりと休んでるってことで、ばあちゃんとともにお邪魔したのだ。

「すまないねえ殿下。シンから話を聞いて、早急に殿下に知らせておかないといけない案件だと思ってね。休みのところ申し訳ないけど、ちょっと付き合ってくれないかね」

「メリダ殿の頼みとあらば否やはないですが……そもそもシン、なんでそんなものを発見したんだ？」

「いやあ、実はさ……」

オーグに訊ねられたので昨日のビーン工房でのやり取りを話した。

すると、オーグは額《ひたい》に手を当てながら深い溜め息を吐いた。

「市民証の解析って、お前……」

「言っとくけど、改造はしてないからな」

「当たり前だ！　今まで適用されたことはないが、市民証の改造・改竄《かいざん》は犯罪だからな！　絶対するなよ!!」

「しねえよ！　っていうか、正確にはできねえよ」

「できない？」

「ああ。あの市民証、なにか一つでも書き換えたら機能しなくなるかもしれない」

「書き換えたら機能しなくなるって……」

俺の言葉に、ばあちゃんが困惑した声をあげた。

ばあちゃんが困惑することなんて滅多《めった》にない、けどそんなばあちゃんでも俺の言葉は予想外だったんだろう。

「市民証は、色んな付与が複雑に絡まり合って機能してるんだ。だから、どれか一つ書き換えてもちゃんと機能しないかもしれない。唯一《ゆいいつ》、新規で名前と個人の魔力情報を書き加えられるのは間違いないけど」

「お前でも無理なのか？」

「無理だね。そういう専門の知識がない。俺は前世では凡人だったから」

「お前が凡人って……」

オーグは呆れた表情になっているが、それは本当のことだ。

「もし、俺がもっと専門的な知識を持っていたら、もっと凄いことになってただろうね」

「……例えば？」

「そうだなあ……それこそ自走する二輪車と四輪車はもう走ってるだろうし、誰もが空を飛べる道具を作ってたかもしれない。あと、無線通信機も、通話ができるだけじゃなくて文字を送信したり相手の顔を見ながら通話したり……」

「もういい、分かった。一応確認しておくが、お前はそれができたりはしないんだな？」

「無理。けど、それらは前世で当たり前にあった」

個人で空は飛べないけどね。

「そうか……こういう言い方はどうかと思うが、お前で良かったのだろうな」

「そうだな。俺程度の知識でこんだけ大騒ぎするんだから、俺くらいで良かったんだろうな。恐らくそういう専門知識を持ってたであろうマッシータは、今まで受け継がれている市民証なんてものを作ってしまっているし」

マッシータの他の魔道具は、旧帝国との戦争で全部壊されたって聞いてる。

もしかしたら、前文明から発掘されるような強力な武器があったかもしれないので、それはそれで良かったのかもしれない。

「その市民証だけど、そんなに複雑なのかい？」

市民証の話が出たので、ばあちゃんが元の話題に引き戻してきた。

やっぱり、魔道具士としてはそっちの方が気になるみたい。

「複雑っていうか……全部で一個の付与みたいになってる。一つの付与が別の付与に干《かん》渉《しょう》して、それがまた別の付与にって感じかな」

「複数の付与で一つの効果……」

ばあちゃんはそう言うと「ふー」っと息を吐いた。

「そんな付与なんて考えたこともなかったよ。もしその方法をもっと早くに知っていたら……」

ばあちゃんとしては、現役のときに知りたかっただろうな。

けど、それを知っていたとしてもどうだろう？

「一つ一つの付与文字はかなり短縮してあるからね……こっちの言語だと、どのみち文字数オーバーじゃないかな？」

「こっちの文字ねえ……そういえば、あの記号みたいな文字を覚えればアタシにも付与はできるのかい？」

ばあちゃんの質問に、俺は思わず口ごもってしまった。

「文字を覚えるって……今から？」

俺がそう言うと、ばあちゃんはムッとした顔をした。

「なんだい？　アタシには覚えられないってのかい？」

「いや……そんなことはないだろうけど数が……」

「そんなもん、丸暗記しちまえばいいだろうに」

「そうは言うけどね、千以上ある別言語の文字を覚えるのは相当苦労するよ？」

「せっ……」

確か、常用漢字で二千ちょっとだっけ？

俺たちはそれを、小中高と十二年かけて覚えた。

ましてや別言語だ。

意味を理解するには、まず言語から覚えないと付与魔法としての効果を発揮しない。

「千以上って、シン、お前それ全部覚えてるのか？」

「全部は無理。読めるけど書けない文字も多いし」

大人になってからは特に文字を書く機会も少なくなるし、文章を作るときでもパソコンやスマホの変換機能が大活躍してたからなあ。

今だって大分忘れかけてる。

実際、バイブレーションソードの付与をするときだって『振動』の『振』という字が思い浮かばず、何度も書き直した。

転生して十年未満でそれだ。

十八年も過ぎてしまえば、もうかなり忘れてしまっている。

「難しい文字はもう大分忘れてるから、ばあちゃんに教えるっていっても、教える側の俺がちゃんと教えられないよ」

「そうなのかい。そりゃあ残念だねえ」

そういうばあちゃんは、残念そうにしながらも、どこかホッとした雰囲気もある。

それはあれか？

難しい文字を忘れたなら、これ以上変な付与はできないと思ってるな？

難しい文字、イコール難しい付与じゃないけど、それを言うと面倒なので黙っておこう。

俺がひっそりとそう決意していると、オーグが不思議そうな顔をして俺に訊ねてきた。

「それで？　確かにこれは歴史的な発見だとは思うが、なぜ私なのだ？　魔法学術院に持ち込むべき案件だろうに」

それは確かにそうなんだけど、魔力紋を見つけたときの会話にあることが出てきていたので、興味本位で試してみたのだ。

そしたら……思いもよらない結果が出た。

「あのさ、まずはこれに魔力を通してくれない？」

俺はそう言って、スマホくらいの大きさの魔力紋測定装置をオーグに手渡した。

「こうか？」

オーグが素直に魔力を通すと、測定装置はその表面にオーグの魔力紋を映し出した。

「へえ、これがオーグの魔力紋なのですね」

オーグの隣にいたエリーが、測定装置を覗《のぞ》き込《こ》んでそう呟く。

「エリーのも測れるぞ」

「え⁉　で、でも、私に魔法の素質はありませんわよ？」

「魔法として外に干渉できなくても、魔力はあるだろ？　市民証を起動する要領でやってみ？」

俺はそう言うと、もう一枚測定装置を取り出しエリーに渡した。

「えっと、こう、ですの？」

そう言いながら魔力を通すと、測定装置にエリーの魔力紋が現れた。

それを見たエリーは、なぜか感動した面持《おもも》ちだった。

「まあ……これが私の魔力紋……」

エリーはそう呟くと、測定装置をオーグに見せた。

「オーグ！　見てください！　これが私の魔力紋ですのよ！」

「ああ、綺麗なものだ」

「うふふ」

自分の中にある魔力が目に見える形で現れたことが大層気に入ったらしい。

エリーは、俺たち友人の中で唯一魔法が使えない。

俺たちはそんなの気にしないけど、エリー本人は若干《じゃっかん》の疎外感を覚えている。

そんなエリーは、自分の魔力が可視化されたことが殊《こと》の外《ほか》嬉しかったらしい。

自分の魔力紋が映っている測定装置をずっと嬉しそうに眺めている。

「で？　これがどうした？」

嬉しそうなエリーはそのまま放置しておいて、オーグが続きを促した。

「ああ、そしたら簡単なものでいいから魔法を使ってくれないか？」

「？　ああ、構わないが……」

オーグはそう言いながら、小さな炎を指先に作り出した。

「オッケー、もういいよ」

「一体なんなのだ？」

俺が魔法を消していいと言うと、オーグは訝《いぶか》し気《げ》な表情のまま炎を消した。

そんな怪訝《けげん》そうな顔をしているオーグをよそに、俺はもう一枚測定装置を出す。

「見てろよ……」

俺はそう言いながら、さっきオーグが魔法を使った辺りに測定装置を翳《かざ》す。

すると……。

「‼　おいシン‼　これはなんだ⁉」

測定装置を見たオーグが大声を出した。

それもそのはず、測定装置にはある模様が映し出されていたからだ。

「これは……私の……」

オーグはそう言いながら自分の手にある測定装置を見て、再度俺が翳している測定装置を見る。

そこには、オーグの魔力紋とそっくり同じ模様が映し出されていた。

「ずっと疑問に思っていたんだ」

驚きに固まっているオーグを見ながら、俺はずっと考えていたことを話す。

「大気中にある魔素《まそ》を集めて魔力にして魔法を発動する。けど、発動したあとの魔力はどうなるんだ？　って」

話をしている俺を、オーグは相槌も打たずにジッと見つめている。

「多分、魔法として発現したあと魔力は魔素として大気中に還元されるんじゃないかなって思ってた」

俺は手元にある測定装置を見る。

「魔素として大気中に還元されるのにどれくらいの時間がかかるのか？　そして、その間どれくらい魔力として留まっているのかなって」

そう言いながら、俺は測定装置をヒラヒラと振った。

「偶然こんなもんが出来たからさ、試してみようと思ってさ。そしたら予想通り、魔法を使ったあとしばらく魔力として残存してた」

そして、オーグの目をジッと見て言った。

「使った本人の魔力紋を残したままな」

俺がそう言ったあと、オーグは自分が魔法を使ったあとに現れた魔力紋を検知した測定装置をジッと見たまま何も言葉を発しなかった。

すると、単純に感心したのであろうエリーが声をあげた。

「はあ、これはまた凄い発見ですわね。シンさん、また魔法の歴史に名を遺《のこ》すのではありません？」

「それだけではないな」

エリーの言葉を引き継いで、ようやくオーグが声を出した。

「それだけじゃないって、他にもなにかありますの？」

「ああ。この魔力紋測定装置を使えば、魔法の痕跡《こんせき》を見つけることができる。それも、使った本人を特定してだ」

オーグがそう言うと、エリーはハッとした顔をした。

「……つまりどういうことですの？」

エリーの発言に、オーグはガックリと肩を落とした。

「つまり、今までできなかった魔法による犯罪の証拠を得ることができるようになったということだ」

その言葉に、ようやくエリーは驚愕《きょうがく》に目を見開いた。

「大発見ではありませんか！」

「そうだ。だからシンは魔法学術院ではなく私のところに持ってきたのだな？」

「そういうこと。これ、警備局の犯罪捜査の役に立つだろ？」

「役に立つどころではないな……犯罪捜査が劇的に変わるぞ」

オーグはそう言うと、真剣な顔をして俺に問いかけてきた。

「この魔力紋が映し出された測定装置だが、固定化はできるのか？」

「ああ。この箱に入れて魔力を通せば固定化されるよ」

俺はそう言って、測定装置がちょうど入るくらいの箱を取り出してオーグに手渡した。

「ありがたい。これで証拠の保全ができる。ちなみに、残存魔力はどれくらい残っているのだ？」

「実験の結果は丸一日かな。それは、どんな大きな魔法でも小さな魔法でも変わらなかったよ」

「犯罪発生から丸一日が証拠保全の勝負ということか。遅れて発覚した場合はどうしようもないのか」

「それはしょうがないな。自然の摂理には敵わないよ」

「それもそうか」

オーグはそう言うと、無線通信機を取り出しどこかに連絡した。

「ウィラーか？　私だ。休みのところ申し訳ないが、すぐに王城に来てもらえないか？　非常に重要な用件なのだ。ああ、すまんな。いつもの会議室でいい。では」

オーグは通信を終えると、すまなそうな顔をしてエリーに向き合った。

「エリーすまない。これからウィラーと打ち合わせをしなければならなくなった」

そう言われたエリーは、小さく溜め息を吐くとオーグの言葉に応えた。

「ええ、分かっておりますわ。警備局は年中無休、昼も夜もなく働いておられます。一刻も早くこの測定装置を配置したいのでしょう？」

「すまん」

「ですから分かっております」

休日を二人でまったりと過ごしていたのに、悪いことをしてしまったな。

けど、これは早急にオーグに伝えないといけない案件だったからなあ。

「では行ってくる。シン、あとのことは頼んだ」

オーグはそう言うと部屋を出て行った。

「え？」

頼むって、なに？

そう思いながら部屋を見渡すと、さっきとは違い非常にむくれた顔をしているエリーが目に入った。

「あ、あれ？　エリー、納得してたんじゃ……」

俺がそう言うと、エリーはキッと俺を睨んだ。

「理解はしておりますけど納得はしてませんわよ!!　せっかく久し振りにオーグとまったりしておりましたのに!!」

うわ、全然納得してなかった。

王太子妃として王太子のオーグの行動は理解できるけど、エリー個人としては旦那との憩《いこ》いの時間を邪魔されてご立腹《りっぷく》だった。

「シンさん」

「はい！」

「責任を取って、私を家に連れて行きなさい」

「え？　ウチ？」

「ええ。シシリーさんにお相手をしていただきますわ。よろしくて？」

「よろしいです……」

まあ、この案件を持ち込んだのは俺だからなあ。

オーグとエリーの時間を台無しにしておいて、俺だけシシリーとまったり過ごすわけにもいかないか。

家にゲートを開き、エリーを送り出したあと肩を震わせているばあちゃんを見た。

「なに笑ってんの？　ばあちゃん」

「いや、どうしてウォルフォード家の男は女の尻に敷かれるのかと思ってねえ」

「……」

その方が円満なんだし、別にいいじゃねえか。

◆

魔力に固有の波があることが判明してから数日後、依頼を終えて事務所に戻ってくると、スイードから来ているカタリナ＝アレナスさんが読んでいた本を閉じて出迎えてくれた。

「お帰りなさいませ。お疲れ様でございました」

「ただいま戻りました。本読んでたんですね。なんの本ですか？」

まさか……俺の本じゃあるまいな……。

「え？　ああ、恋愛小説です。お気に入りの作家の最新作なのですが、今日は早く仕事が終わったので続きが気になって……」

そうか……良かった……例の本じゃなくて……。

「へえ、お気に入りの作家なんているんですね。なんて名前なんですか？」

俺がそう聞くと、カタリナさんは嬉しそうに教えてくれた。

「アマーリエっていって、キュンキュンするお話を書かれる作家さんなんですよ！」

「あ……」

カタリナさんが作家の名を教えてくれたとき、ダームから来ているアルマ＝ビエッティさんの小さな声が聞こえてきた。

「アルマさん、どうしました？」

「あ……すみません。報告書を書き損じてしまって……書き直さなきゃ」

しまった。

カタリナさんは仕事が終わっていたのかもしれないけど、アルマさんはまだ仕事中だったのか。

「すみません、騒がしくしてしまって」

「い！　いえ！　私の方こそ話の腰を折ってしまってすみません。どうぞ、お話の続きを……」

そう言われると中々話し辛いんだけど……。

かと言って話を切り上げてしまうとアルマさんが責任を感じそうだしなあ。

なんか、アルマさんってオドオドしてるっていうか、周りに凄く気を遣ってる感じがするし。

なので、アルマさんに変な気を遣わせないように、さっきの話を続けることにした。

「カタリナさんって、結構本とか読まれるんですか？」

「はい！　と言っても、恋愛小説ばっかりですけど……あ！　でも！　シン様の本は読みました‼」

「ぐふっ！」

油断した！

まさか、この流れからそっちに話が向かうとは！

「あの本はもう、シン様とシシリー様の恋愛小説と言っても過言ではないですね！　読んでてキュンキュンしました！」

やめて！

これ以上追い打ちをかけないで！

俺のことを書いたあの本の読者から直々に感想を聞かされるなんて……。

なんて拷問《ごうもん》だ！

「ソ、ソウデスカ……」

「プッ……ククク」

そう思っていると、背後から笑い声が聞こえてきた。

オーグが帰ってきたらしい。

よく見ると、俺と一緒に帰ってきたマークやオーグと一緒に帰ってきたトニーまで肩を震わせている。

お前ら……。

「カタリナ嬢、それ以上は勘弁《かんべん》してやってくれ。シンは自分のことが書かれている例の本が恥ずかしくて仕方がないのだ」

「そうなんですか？」

カタリナさんは、心底不思議そうに首を傾げている。

なんでこの恥ずかしさを分かってくれないんだ……。

「ところで、なんでそんな話になっているんだ？」

「ああ……いや、カタリナさんが本を読んでいたから、どんな本を読んでるのか聞いて

たんだよ」

「ほう。どんな話なのだ？」

オーグも興味を惹かれたようでカタリナさんに訊ねると、彼女は途端に口ごもった。

「えっと……その……」

「なんだ？　言えないような内容の本なのか？」

その様子を訝しんだオーグの目がちょっと細くなった。

「いえ！　そういうわけでは！」

「あれ？　恋愛小説って言ってたよね？　そんな話し辛い内容じゃないと思うけど……あ！　もしかして、大人向けの……」

官能……？

「ち、違います!!　普通の恋愛小説ですよ！」

違うらしい。

「なら、なぜ口ごもるのだ？」

「さっき俺には普通に内容話してくれそうだったよね？　オーグには話しにくいの？」

「あの……これは、あくまで架空《かくう》の国の架空のお話ですから」

オーグと俺がさらに追及《ついきゅう》すると、カタリナさんは念を押すようにそう言ってから内容を話してくれた。

「これは、平民の少女が、お忍びで街に来ていた王子様と出会って恋に落ちるお話です」

……ん？

物語としてはありがちな設定だな。

なんでオーグに対して口ごもるんだ？

「……それのどこが言いづらいのだ？」

「それが、その……」

俺の気持ちを代弁するようにオーグが訊ねると、カタリナさんは視線をキョロキョロさせたあと、観念したように話し出した。

「王子様には、政略で決められた婚約者がいるのです。王子様はその婚約者の女性が好きではなくて……妃殿下を愛されている殿下には話しにくいなって……」

ああ、そういうことか。

オーグが妃であるエリーのことを大事にしているのはよく知られている。

学院を卒業してすぐにエリーが妊娠したと発表されたので、やはり王太子殿下は王太子妃を深く愛されていると市民の間で評判になっている。

依頼先で知り合った人から聞いたから間違いない。

そんなオーグに、婚約者のことが好きではない王子が出てくる話は聞かせにくかったんだろうな。

だが当の本人は、内容を聞いてもピンときていないのか首を傾げている。

「なぜ話しにくいのだ？」

「え？　だって、婚約者を蔑《ないがし》ろにする王子様ですよ？　この話に出てくる婚約者は性格最悪ですし……ご気分を悪くされるんじゃないかと……」

カタリナさんの方も、え？　なんで？　といった表情で説明している。

……ああ、これはお国柄の違いで齟齬《そご》が生じているのかも。

「あの、カタリナさん。もしかしてスイードって、貴族とか王族って政略結婚が主流だったりする？」

「はい。スイードだけでなく周りもみんなそうですよ」

カタリナさんはそう言うと、事務所にいる皆を見回した。

事務員の皆も話を聞いていたようで、クワンロンのミン＝シャオリンさん、カーナンのイアン＝コリーさん、クルトのアンリ＝モントレーさんが頷いた。

「うちは貴族制度がないから、そういうのはあんまりないなあ」

そういうのはエルスのカルタス＝ゼニスさんだ。

エルスは共和制だからなあ。

身分制度はなく全員平民だ。

イースのナターシャさんはシシリーに付いていていて俺の家にいるのでここにはいない。

となると、視線は残る一人に集まる。

アルマさんだ。

「あ……えっと……すみません。うちは今、よく分からないです……」

アルマさんはそう言うと俯いてしまった。

その言葉を聞いて、オーグの目が少し険《けわ》しくなった。

「よく分からない、か。そもそもビエッティはここに派遣される前は役所に勤めていたと聞いたが？」

オーグのそれは、質問というより詰問《きつもん》に近い。

政治情勢の不安定なダームからの派遣員ということで、アルマさんの動向に目を光らせている。

実際、何人か隠密に監視させているらしい。

もっとも、基本的に事務所と自宅として借りているアパートの往復ばかりで、たまに買い物に出かける以外は家に引きこもっているらしい。

今のところは、不審《ふしん》な動きはないとのこと。

それでも疑いは拭《ぬぐ》いきれないらしい。

この機に少し踏み込んだ質問をしようという狙いが見て取れる。

オーグの質問に、アルマさんは忙しなく視線を動かしながらも返答した。

「えっと……私は平民で、仕事も役所の事務員でした。なので貴族の方と関わったことはないです。なので、貴族の方がいなくなって、せんきょ？　で選ばれた人が来ても、正直あんまり私の仕事には関係なかったっていうか……」

そりゃそうか。

上が変わったって、末端の職員にはあんまり関係ないよな。

「ほう。それなのにウチの事務員に選ばれたのか？」

そういえばそうだ。

こう言っちゃあなんだけど、うちの事務員に選ばれたのは凄い経歴のエリートばっかりだって聞いたぞ？

アルマさんの経歴書も見たけど、優秀な事務員だという推薦文があったはずだ。

嘘を吐いたのか？

「それは、その……」

オーグの質問に、アルマさんは言いにくそうにしながらもその理由を話した。

「字が綺麗だからと……あと、報告書が読みやすいと褒めてもらったので、それが理由ではないかと……」

「「……」」

ん？

字が綺麗で報告書が読みやすいから選ばれた？

なんだそれ？

「ああ、確かに。アルマさんの報告書は字が綺麗で読みやすいと、王城の担当者に好評でしたね」

アルマさんの話した理由に首を傾げていると、アンリさんがそれを肯定した。

「そうなのか？」

「はい。簡潔でいて分かりやすいと、この前王城に行ったときに依頼受付担当者が言っていました。うちは字が汚くて要領を得ない報告書を提出する奴らばかりだからと羨《うらや》ましがられました」

へえ、そうだったのか。

アンリさんはうちと王城との間で依頼のすり合わせをすることが多いから、そのときに話を聞いたんだろうな。

秘書的な役割のカタリナさんに、書記のアルマさん、営業のアンリさんに差配のカルタスさんか。

ちなみに、イアンさんは計算が得意なのだそうで、経理を担当している。

立派な筋肉に今のところ使い道はないらしい……。

「そういえば、なんの話だっけ？」

話が大分《だいぶ》脱線したけど、元はなんの話だった？

「アールスハイドは恋愛結婚なのかということです」

元々の話の提供者であるカタリナさんが思い出させてくれた。

「ああ、そうだったな。アールスハイドでは貴族も基本恋愛結婚が推奨されている。王族もだ。それに、貴族と平民の結婚も問題はない」

「あの、ちょっと聞いていいですか？」

そう言ったのは、いつの間にか帰ってきていたアリスだ。

側にコンビのリンもいる。

「なんだ？　どうしたコーナー」

「えっと、シン君とシシリーのところは、シン君が普通じゃないから問題ないと思うんですけど、それ以外も大丈夫なんですか？　例えば、貴族令嬢が普通の平民の人と結婚するとか、その……平民女性が貴族男性に嫁ぐとか……」

アリスは、ちょっとモジモジしながらそうオーグに訊ねた。

え？

これ、誰だ？

アリスか。

え？　アリス⁉

「あ、ああ。本人たちが納得しているのなら特に問題はないな。ただ、平民女性が貴族男性に嫁ぐのは大変らしいが……」

「そうなんですか⁉」

戸惑いながらもオーグが答えると、アリスが更に食いついた。

だから、これ誰だよ⁉

「あ、ああ。貴族としての生活は平民とは大分違うからな。覚えなければいけないマナーも多いし、中々慣れずに精神が疲弊する者も多いと聞くな」

「そうなんだ……」

アリスはそう言うと神妙な顔をして考え込んだ。

え？　マジでなに？

「……コーナーはどうしたんだ？」

オーグもアリスの様子に困惑したみたいで、俺に小声で聞いてきた。

「分かんね。なんだろ？」

今まで、こういった恋愛関係の話には反発しかしてこなかったのに、今日のアリスは……。

あ！　ま、まさか⁉

俺が自分の推理に驚愕したとき……。

「あ、あの！」

さっきまでオドオドしていたアルマさんが急に大きな声を出した。

「さ、さっきの話の続きですけど……もしかして殿下と妃殿下も恋愛結婚なんですか？」

ああ、そういえばそんな話してたっけ。

「あ、ああそうだ」

急に態度が変わったアルマさんに若干引きながらもオーグがそう答えると、カタリナさんとアルマさんの女性二人が「「わあ」」と歓声《かんせい》を上げた。

「だから、政略で婚約者が決まる話などに自分を重ねたりはせんよ」

「そうなんですね！　素敵です！」

「あ、あの！　こ、今度詳しくお話をお伺いしてもよろしいでしょうか？」

素直に感激しているカタリナさんと違い、アルマさんの食いつきが凄い。

そこまで感激したのだろうか？

「すまないが、そういう話をするのは得意ではなくてな。遠慮してくれ」

だが、オーグはアルマさんの願いを素《そ》っ気《け》なく断ってしまった。

なんだ？　やっぱり警戒して……いや、違うな。

そういえば、俺もオーグとエリーの馴れ初めは聞いたけど、付き合いだした経緯とかプロポーズとか聞いたことない。

本当に苦手なのか、単に恥ずかしいのか。

どっちにしても聞き出すのは難しそうだ。

「あ、そ、そうですか……」

断られたアルマさんは、ショックだったのかしょんぼりしてしまった。

「あー、アルマさん、ちょっといい？」

そう言ってアルマさんに近付いたのはマリアだ。

いつの間に帰ってたんだ？

マリアはアルマさんに近寄ると、何事かを耳打ちした。

その途端にしょんぼりしていたアルマさんの目が再び輝きだした。

「本当ですか⁉」

「ええ。全員帰ってきたみたいだし、もう仕事終わりでしょ？　良かったら一緒にご飯でも行かない？　カタリナさんも」

マリアのその言葉に、カタリナさんは笑顔で「是非！」と言ったが、アルマさんは喜びの表情を浮かべたと思ったら、すぐに「あ」となにかを思い出したらしく、またしょんぼりした。

「すみません……今日はこのあと用事が……」

「あ、そうなの。じゃあ、また今度にしましょうか」

「はい。せっかく誘って頂いたのに、すみません」

アルマさんはそう言うと、自分の荷物を持ってすぐに帰ってしまった。

「じゃあ、私も今日は遠慮しておきますね。アルマさんの都合が合ったときに一緒に行きましょう」

アルマさんを差し置いて自分だけマリアと食事に行くのは気が引けたのか、カタリナさんもマリアに断りを入れた。

「そうね。残念だけどそうしましょう。じゃあ皆、お疲れ様！」

マリアはそう言うと、そそくさとゲートで帰ってしまった。

「あ！　おい、待てメッシーナ！」

オーグが慌てて手を伸ばすが、ゲートは無常にも閉じてしまった。

ゲートが消えた空間に手を伸ばしていたオーグは、ワナワナしながら差し出していた手を握りしめた。

「あいつ……まさか話すつもりじゃないだろうな？」

あー、そういえばマリアはああ見えて伯爵令嬢だ。

オーグと同じ貴族の通う学院に中等部までいたらしいから、オーグの恋愛事情とかよく知ってるのか。

まあ、あの流れだと話す気満々だろうなあ。

だからそそくさと帰ったんだろうし。

「……ここは王太子の権限で口止めをするか……」

なにしょうもないことに王太子の権限使おうとしてるんだ、コイツは。

俺は諦めろという気持ちを込めてオーグの肩に手を置き、そっと首を横に振った。

女子に恋バナを中断させるとか……。

あとでなに言われても知らないからな。

俺の気持ちを汲《く》み取《と》ったのか、オーグはガックリと肩を落としたのであった。

それより、さっきのマリアはなんか違和感があったな。

恋バナなのに、なんかサッパリした対応をしていたというか……。

前までだったら他人の恋バナなんか聞いた日には「なんで周りばっかり！」ってキレてたのに。

まあ、俺たちももう社会人だし、そういうノリは仲間内だけでするつもりなのかもしれない。

知り合って日が浅い事務員さんたちの前だし、そういうのは自重《じちょう》したのかも。

そういう意味では、マリアがカタリナさんやアルマさんと一緒にご飯に行くのは意義があるのかもしれない。

そういえば、アルマさんって事務所と自宅の往復ばっかりって言ってたよな？

用事ってなんだろ？

◆

アルティメット・マジシャンズの事務所を出たアルマは、途中で夕飯の食材を購入した以外は真っすぐに自宅に向かった。

着いたのは、レンガ造りの三階建てのアパート。

アパートの階段をのぼり、自分の部屋の前まで来たとき、声をかけられた。

「ようやく帰ってきたか……」

声をかけてきたのはスーツを着た中年の男性だった。

その男性の顔を見たアルマはそっと溜め息を吐くと、自室の扉を開けた。

「早く入って」

アルマは短くそう言うと素早く部屋に入り、男性もそれに続く。

男性がアルマの部屋から出てきたのは、数時間経ってからだった。

◆

アールスハイド王国からスイード王国を挟んだ先にあるダーム『共和国』。

以前王制だったこの国は、上層部の度重なる失態により王家の信頼が失墜《しっつい》。

止めとばかりに、魔人王戦役《まじんおうせんえき》の終結直後に新王がアールスハイド……というよりシンから貸与《たいよ》されていた武器の返却を拒否し、反抗の意を示した。

いよいよ世界から孤立するかと思われたダームだったが、暴走しダーム失墜の切っ掛けを作ったラルフ軍務長官の後釜《あとがま》に座ったヒイロが王家の暴走を阻止。

ダーム『王家』ではなく『国家』を守った人物として、民衆から英雄視された。

そのヒイロが、今の王家に政治を任せておくことはできないと王家を政治から切り離し、貴族制も廃止し、政治は民衆から選ばれた議員によって運営されることになった。

ヒイロは民衆からの人気が高かったため、ただの議員ではなく議員たちのトップである『首相』に選ばれた。

ここに、商人たちからのみ国の代表が選出されるエルスと違い、完全に一般市民から政治家を選出する初めての共和国が誕生した。

平民の出で、長く軍の一般兵だったヒイロは、一国の代表という正に上り詰めるところまで上り詰めたのであった。

だが……。

その誰もが羨む大出世を遂げたヒイロは、自分の執務室で頭を抱えていた。

「首相、また税が高いと市民からの陳情《ちんじょう》が来ております」

政務秘書官の言葉に、首相であるヒイロは思わず大きな声をあげた。

「はあ⁉　王制のときより下げてるだろうが！　一体なにを言ってるんだ‼」

「そう仰られましても、実際に陳情書があがってきておりますので」

ヒイロは、秘書官の取り出した書類をひったくるように受け取ると、その内容を読み始めた。

「なぜ……なぜだ……まだ王制時代より税率は下じゃないか……それなのになぜ税が高いなんて声が出てくるんだ……」

ヒイロが首相に就任した際にまずしたことは税率の軽減。

貴族制度を廃止し、全員が平民となったことで過剰な税の徴収は不要になるからという理由だった。

だが、そこで思わぬ事態が発生した。

徴収した税が、予想より大幅に少なかったのである。

貴族が徴収する分がなくなるので、国家に入る金額は増えるはずだったのにである。

税金の集まりが悪いと予定していた予算が組めなくなるので、ヒイロは慌てて追加の徴収を実施。

どうにか予定していた金額を徴収することには成功したのだが、それ以降市民の間で不満の声が上がり始めた。

最初より多少上がったとはいえ、王制時代よりも税率は低いのにである。

「最初に大幅に下げてしまったのがいけなかったのかもしれませんな。人間、一度楽を覚えると、多少のことにも不満を持ってしまいますので」

秘書官の言葉に、ヒイロは頭を抱える。

実際、秘書官の言う通りだった。

最初は税率を下げる首相として市民からの人気は非常に高かった。

だが、最初の徴収が終わって一年も経たないうちに追加徴収があったのだ。

結局、今までの為政者《いせいしゃ》と同じではないかと、市民はあっという間にヒイロに不信感を持ってしまった。

ヒイロの支持率は、今や下降の一途である。

それでも、首相は就任後五年間はよほどの理由がないと退任させられないという法を作ってあったのでまだヒイロは首相の座に就いている。

しかし、五年後はどうなっているのか。ヒイロは今から五年後のことを考えるだけで頭が痛くなる。

「そ、そもそもだ！　なぜこんなに税金の集まりが悪いのだ⁉　そこからおかしいじゃないか！」

ヒイロは思わず、こんなことになった最初の原因を叫んでしまった。

目論見では、最初の税率で問題なく国家運営するだけの資金は集まる予定だったのだ。

それがいきなり破綻《はたん》した。

「そうですねえ。一昨年《おととし》は魔人王戦役などがありましたから、国内総生産が少なかったのではないでしょうか？」

「……なら今年は？」

「はい？」

「昨年はそんな要因はなかった。だが、今年も税金の集まりが悪い……」

市民からの税金の徴収が終わり、新たな収支報告書が提出されたのだが、その報告書を見てヒイロは深い溜め息を吐いた。

税率を上げた分、昨年より多くの金額が集まっているが……それでも予想していた金額よりも遥かに少ない。

「これならどうにか今年は税率を上げずに済むが……それでもギリギリだ。もし、大規模災害などが起こったら、また追加で徴収しないといけなくなる……」

ヒイロはそう言うと、頭を抱えてしまった。

「そうなれば、アールスハイドのアルティメット・マジシャンズに依頼をすればいいのでは？　自力でなんとかするより安上がりですよ？」

秘書官がそう言うと、ヒイロは項垂れていた頭をガバッと上げた。

「あいつらには頼りたくない!!」

そう叫ぶヒイロを見て、秘書官は溜め息を吐いた。

「なぜそこまで彼らを嫌うのです？　自らの力を誇示《こじ》せず民衆のためにその力を使っている、非常に素晴らしい若者たちだと思うのですが？」

秘書官がそう言うと、ヒイロはさらに激高した。

「うるさい!!　私は奴らに力を借りる気などない!!　さっさと出て行けっ!!」

ヒイロは、手に持っていた収支報告書を秘書官に投げつけながらそう叫んだ。

秘書官は、平常心を失った様子のヒイロを見て、何も言わずに踵を返した。

すると背後から、ヒイロのブツブツと呟く声が聞こえてきた。

「なぜ……なぜだ……なぜアイツばっかり……私だってここまで上り詰めたのに……」

誰のことを言っているのかは分からないが、今までの話の流れからアルティメット・マジシャンズの誰かのことを言っているのは推測できた。

相手は世界を救ったほどの英雄で、比べるのもおこがましいのに一体誰に対抗心を燃やしているのか？

「……そんな遠くばっかり見てるから、目が曇るんだよ……」

と、ヒイロには聞こえない声量で呟いた。

そう、秘書官はヒイロが頭を悩ませている原因に心当たりがあった。

そしてその結果、ダーム国内が徐々に荒《すさ》んできていることも。

しかし、秘書官はそれを進言しなかった。

というのも、秘書官は学院を卒業したあと官僚としてずっと政務に携わってきた。

ところが、この度の政変で首相という立場に就いたのは、今まで政治には一切関わってこなかったヒイロ。

ただ民衆からの人気があるというだけで国家元首の座に座ったヒイロのことを、秘書官はあまりよく思っていなかった。

なので、ヒイロが民衆の支持を失っていく様は秘書官からすれば当然の結果であり、助けようと思えなかったのだ。

（この国も、そう長くはないな……）

そう思いながらドアノブに手をかけると、背後から声をかけられた。

「おい。そういえば、アルティメット・マジシャンズにはちゃんとした人材を送り込んだんだろうな？」

なにかと思って秘書官が振り向くとそんなことを言われた。

「はい。ちゃんとした人材を派遣しました」

「そうか……なら、いい」

ヒイロのその言葉を受けて、秘書官は今度こそ執務室を出た。

そして扉を閉める際、再びヒイロの呟きが聞こえた。

「なにか……アルティメット・マジシャンズの秘密が……いや、アイツの秘密が知れれば……」

その呟きに対して、秘書官は何も言わずに扉を閉めた。

「ご命令通り『ちゃんとした者』を派遣しましたよ」

秘書官はそう言うと、自分の執務室へと向かっていった。

足音が遠ざかっていくのを聞いていたヒイロは、イライラが限界を突破したのか「あああっ！」と叫びながら頭を掻きむしった。

「くそっ！　くそっ‼　なんで⁉　なんでだ⁉　アイツは……アイツはチートを持ってんじゃねえかっ！　強力な魔法だけじゃなくて魔道具作りの天才だと⁉　普通、そういうのは目立たないように伏《ふ》せとくもんじゃねえのかよ‼　なんで堂々と公表してんだよ⁉　おまけに……おまけに美人の聖女と結婚して子供まで……」

ヒイロはそう言ったあと、両手の拳を握りしめて執務机を思いきり叩いた。

「俺とアイツのなにが違うってんだよ⁉　どうせアイツも転生者なんだろ⁉　現代知識チートを使って今の地位に上り詰めたんだろう⁉　なんで、それと同じことをした俺はこんなに苦しまなくちゃいけないんだ‼」

誰もいない執務室で、ヒイロは己の内心を吐き出した。

そして、荒い息を吐いたあと、なにかに思い至ったようにニヤリと笑った。

「そうだよ。アイツは英雄って言われていてもしがない平民だ。ところが俺はどうだ？　今や一国の首相だ……俺がアイツより劣ってるなんてことは絶対にない」

ヒイロはそう言って一人でククッと笑っていたのだが、突如その目を見開いた。

「っぐ！　があああっ‼」

突然体中に走った耐え難い痛みに、ヒイロは床に転がり悶《もだ》え苦しみ始めた。

「うっぐ……がっ……あああ‼」

しばらく痛みに悶え床を転がりまわっていたヒイロだったが、ようやく痛みが治まり床に大の字になって寝転び、息を整えた。

「はぁっ、はあ……なんなんだ、一体……医者も原因が分からんと言うし……くそっ！　なんで……なんで俺ばっかりがこんな目に……」

そう言いながら、ヒイロは床に寝転がったまま静かに泣いた。

そんなヒイロを、慰《なぐさ》めてくれる人間は、一人もいなかった。

◆

ダーム共和国首都とは違う別の街。

その街の中でも一際大きな建物の中にある、これまた立派な執務室。

その執務室の扉が乱暴にノックされたかと思うと、中にいる人物の許可が出る前に扉が開けられた。

「かしら！　お呼びですかゴペッ！」

無遠慮に執務室に入ってきた男は、入った途端に投げつけられたガラス製の灰皿を顔面に受け、床に倒れ伏した。

「この馬鹿野郎が！　俺の返事を待てって何回言ったら分かるんだ⁉　それから『かしら』って呼ぶなって言ったろうが‼」

灰皿を投げつけた男は、倒れている男を心配する様子も見せずに、罵声《ばせい》を浴びせかけた。

その男の容姿は、とても堅気の人間には見えず、この執務室にも似合っていない。

むしろ、倒れた男の言った『かしら』という言葉の方がしっくりくる容姿をしていた。

だが男はそれを許容しなかった。

「ちゃんと議員って呼べ。次間違えたら容赦しねえぞ？」

「ず、ずびまぜん……」

男が「次はない」と伝えると、立ち上がった男は鼻と口から血を流しながら謝罪した。

執務室にいた男は、自分を議員と呼べと言った。

つまり、彼こそダームが共和制の国になって選出された議員の一人だったのである。

しかし、その外見は堅気には見えない。

男は、元裏社会の人間であった。

「んで？　例の件はどうなってる？」

議員がそう訊ねると、入ってきた男は血を流しながら報告する。

「へえっ！　人選は終わりまして、すでに彼《か》の国へ潜り込ませております！」

「ほう？　で、首尾は？」

議員がそう聞くと、聞かれた男は視線を彷徨《さまよ》わせた。

「それが、その……」

「ああ？　なんだ、上手くいってねえのか？」

「い、いえ！　潜入自体は滞りなくできております！　ただ、あの国の貴族に中々取り入ることができないと報告が来ておりまして……」

その報告に議員は深い溜め息を溢《こぼ》した。

「ったく、なにをグズグズしていやがる。今が一番の好機だってのによ」

「す、すいません！　もっと積極的に行くように発破かけますんで！」

「当たり前だ！　いいか？　この好機、しくじったらただじゃ済まさねえぞ？」

議員の剣幕《けんまく》に恐れ戦く男だったが、それと同時に疑問が芽生えてきた。

「かし「ああ⁉」ぎ、議員。ちょっといいっスか？」

「なんだ？」

「なんであんなデカい国狙うんですか？　ちょっと無謀じゃないですかね？」

男がそう言うと、議員は深い溜め息を吐いた。

「まったく、なんも分かってねえな、オメエ」

「は、はあ……」

「確かに、あの国に正面切って挑んだら、うちみたいな小国に勝ち目はねえ」

「ですよね」

「けどなあ」

議員はそう言うと、ニヤリと笑った。

「今は絶好のチャンスなんだよ」

「今が、ですか？　確か、あの国は今王太子妃が懐妊したとかで国中が浮かれてますけど……」

「だからだよ」

「は？」

議員の言っていることがサッパリ理解できない男。

その男に向けて、議員はさらに笑みを深めて言った。

「この策が上手くいきゃあ……」

そこで言葉を切った議員は、十分に勿体《もったい》を付けてから言った。

「アールスハイドを裏から牛耳れるぜ」

自信満々にそう言う議員を、男は息を呑んで見つめていた。

先の魔人王戦役において一番の功労者ともいえる大国アールスハイド王国。

その支配権が握れる。

そんな夢みたいな話に、男は思わず生唾《なまつば》を飲み込んだ。

第二章

いつの間にか、悪役令嬢ものは終わっていたらしい

「ただいま」

「あ、シン君。お帰りなさい」

「ぱぱ！　おかーり！」

ゲートで家に帰ると、編み物をしていたシシリーが顔をあげて出迎えてくれた。

そしてシルバーは、元気に挨拶《あいさつ》をすると真っすぐに俺に向かって走ってきた。

「おっと！　ただいまシルバー。いい子にしてたか？」

「あい！」

走ってきたシルバーを抱き上げ、シルバーにもただいまと言うと、シルバーはニパッと笑って答えてくれた。

はぁ、癒《い》やされる。

「お帰りなさいませ、シンさん」

「お帰りなさい、ウォルフォード君」

「お帰りなさいシン。お邪魔していますよ」

続けて声をかけられたので声のした方を見てみると、そこにはエリー、オリビア、そしてクリスねーちゃんがいた。

「あれ？　クリスねーちゃんがいるなんて珍しいね」

俺がそう言うと、クリスねーちゃんは「うっ」という顔をした。

なにその表情、と首を傾《かし》げていると、シシリーがクスクス笑いながら教えてくれた。

「クリスお姉様、ジークお兄様と喧嘩《けんか》しちゃったそうなんです。それで、顔を合わせづらいからって家を出て来ちゃったんですよ」

「クリスねーちゃん……」

ジークにーちゃんと結婚して子供まで作ったのに、まだそんな関係が続いてんのかよ。

「し、仕方ないでしょう⁉　私がこの子を産んだら職場に復帰したいって言ったら『いいから家で大人しくしとけ』なんて偉そうに言うんですから！」

あー、女性が子供を産んだあとに仕事を続けるかどうかっていうのはデリケートな問題だよなあ。

言葉を選んで慎重に話し合わないといけないのに、ジークにーちゃんはいつもの調子で話したんだろう。

そりゃ喧嘩になるわ。

「正直、私としてはクリスさんほどの騎士には結婚、出産後も仕事を続けて頂きたいところなのです。女性の護衛《ごえい》でないと入れない場所もありますので。ただ……こういうとは家庭の問題ですので、無理強《むりじ》いもできないのですわ」

エリーが難しい問題だと悩まし気に溜《た》め息《いき》を吐いた。

「私は、出産したらマークの実家に戻るので、すぐに復帰するつもりですけど」

そう言うのはオリビアだ。

シシリーは……。

「私は、安定期に入って魔法が使えるようになったら復帰します」

俺は、本人の意思尊重派なのでシシリーの言う通りにさせてあげたい。

けど……。

「やっぱり、そんなに急がなくてもいいんじゃない？　オリビアみたいに出産してからでも……」

「私は、オリビアさんのように現地に赴《おもむ》いたりせず治療院で待機ですから、出産前から復帰できます。それに、出産後はまた少しお休みを頂くのですから、少しでも早く復帰したいんです」

俺としては、オリビアのように出産後の復帰でもいいんじゃないかと思うんだけど、シシリーの意思は固いらしく、魔法が使えない今はしょうがないとしても、魔法が使えるなら少しでも早く復帰したいらしい。

「はあ、もう散々話し合ったからこれ以上は言わないけど、気を付けてね」

「はい。分かってます」

シシリーがそう言って微笑《ほほえ》む姿をクリスねーちゃんはじっと見ている。

「羨《うらや》ましいですね、シンがそうやって理解を示してくれて」

「そういえば、ジークにーちゃんとクリスねーちゃんの実家って王都？」

「そうです。なので、子供はどちらかの両親に預ければいいと言っているのに、あの男は……」

また怒りがぶり返してきたらしい。

はあ……よその家庭のことだから下手に口出しできないし、二人で折り合いを付けてもらうしかないよな。

そう思ってそれ以上その話には言及せず、シルバーを抱きかかえたままシシリーの隣に座る。

そのとき、対面に座っているエリーの膝《ひざ》の上に本が置かれているのが見えた。

「お、エリーも本読んでるのか」

「ええ。というか『も』？」

「ああ、さっき事務所で本の話になってさ」

俺は、さっきの事務所での話をした。

するとエリーは、ちょっと驚いたような顔をした。

「凄い偶然ですわね。私が読んでいたのもアマーリエの新刊ですわ」

「へえ、それって、王子様が庶民《しょみん》の女の子と恋に落ちるってやつ？」

「ええ」

「エリーは、そういうの気にならないのか？　カタリナさんは、オーグが気を悪くするんじゃないかって心配してたけど」

「別に。架空《かくう》の国の架空のお話ですもの。現実と混同なんてしませんわ。むしろ、現実から離れているから楽しんで読めるのです」

「へえ、そんなもんか」

「そんなもんですわ」

オーグと同じこと言ってるな。

王子と婚約者という役柄は一緒でも、制度が違うと全くのフィクションに見えるんだろうな。

あ、そういえば。

「その手の小説って、俺も何冊か読んだことあるけど婚約者が他の令嬢からいびられるって話もあったよな。エリーはそういうのなかったのか？」

ちょっとした好奇心でそう訊《たず》ねてみると、エリーはゲンナリした表情で深い溜め息を吐いた。

「これでも公爵令嬢ですから、いびられたりはしなかったのですけれど……」

そこまで言ってエリーは視線を彷徨《さまよ》わせ、言《い》い淀《よど》んだ。

そんな言いづらそうなエリーの代わりに、シシリーが答えてくれた。

「そういえば、殿下《でんか》とエリーさんがご婚約されたときに、エリーさんに突っかかっていた方がいましたねえ」

そういえば、オーグとエリーは高等学院に入る前に婚約していたんだよな。

ということは、シシリーもそのときの様子を知ってるってことか。

「ちなみに、二人が婚約したのっていつ？」

「中等学院一年のときですね」

「さすが王族。早いなあ……」

「五歳のお披露目でお知り合いになったって言ってましたから、いわば幼馴染み同士での婚約ですね！」

横で聞いていたオリビアも、幼馴染み同士で結婚したから親近感が湧《わ》いたみたいだ。

「その婚約を発表したときに『貴女《あなた》なんかより私の方が相応しい！』だの『さっさと婚約者を辞退しろ！』だの言ってきたお馬鹿さんがいたのですわ」

　エリーは、思い出すだけでも疲れるといった表情でその令嬢のことを話してくれた。

「オーグとエリーって恋愛結婚だよな？　しかもオーグから告白、プロポーズしたって聞いたけど」

「その方にはそうは見えなかったらしくて『殿下の弱みを握って脅したんだろう』って言われましたわ」

「オーグの弱みを握って脅す……」

　あまりにもありえない状況に、俺もシシリーもオリビアもクリスねーちゃんも揃って首を傾げてしまった。

「その方、ご自分がオーグと結婚すると信じて疑っていなかったそうですの。周りにも近々オーグからプロポーズされると吹聴《ふいちょう》していたらしいですわ」

「なんでそんな勘違いしたんだろう？」

　オーグからプロポーズされるかもっていうことは、それらしい予兆があったってことだよな？

　そんな思わせ振りな態度をオーグが取るか？

「学院で常にオーグの周りをウロチョロしてらしたのですが、ある日落としたハンカチをオーグが拾って手渡したんだそうです。それ以降、自分はオーグと付き合ってると思い込んでいたらしいですわ」

「お、おぉう……」

それって思い込みが激しいとかの次元じゃなくて妄想癖《もうそうへき》とかあるんじゃ……。

本当にそんな人がいたのかとシシリーの顔を見ると、苦笑を浮かべていた。

「そんな人でしたねえ」

「本当にいたのか……」

貴族の通う学院にそんなのがいたのか……。

ああ、いや、だからこそか。

恐《おそ》らく、幼い頃から欲しいものは全て手に入れられ、行動や存在を全肯定《ぜんこうてい》されて生きてきたんだろう。

なので、自分が好きなものは必ず手に入れられると思い込んだのかも。

アールスハイドの貴族は、貴族は民衆のために存在しているっていうのを幼いころから叩き込まれるって聞いたことがあるけど、そうじゃない人もいるのか。

一人娘とかで甘やかしすぎたんだろうか？

「それはもう、毎日毎日私のところに押しかけてきまして『私は殿下と愛し合っている』だの『私と殿下の関係に割り込んでくるな』だの喚き散らしてましたわね」

「そんなに騒いでたんなら、オーグの耳にも入るんじゃ……」

「当然、入りましたわ。オーグは、その方が私に喚いている現場に来まして、その方に向かって『貴様は誰だ？』と言い放ったのですわ」

「うわ、きっつ……」

自分が付き合っていると思い込んでいる相手から『お前誰？』と言われる。

認識すらされていなかったと知ったら……。

「呆然《ぼうぜん》とされているその方を尻目に、集まっている群衆《ぐんしゅう》に向かってオーグが『今、こいつが言ったことは全て虚偽《きょぎ》だ。それを少しでも信じたり、もしくは口にしたりする者がいたら私はその者を信用しない』と、そう言い放ったものですから、変な噂が広まることはなかったですわね」

おー、さすがオーグ、男前なことするねえ。

エリーもその時のことを思い出しているのか、ちょっと誇らしそうだ。

しかし、そんなエリーを見つめるシシリーはクスクス笑っていた。

「どうしたの？」

「ふふ、いえ。エリーさんがある場面を端折《はしょ》ったので、それがおかしくて」

「端折った？」

「ちょっ！　シシリーさん！」

エリーが慌《あわ》ててシシリーを止めようとするが、エリーの隣に座っているオリビアにガードされた。

「確かに、殿下はそう仰ったんですけど、そのときエリーさんの肩を抱き寄せながら仰ったんですよ」

「ほぉ」

本当はそんな状況だったのか、と思いながらエリーを見ると……。

真っ赤な顔をしながら、両手で顔を覆《おお》っていた。

「わあっ！　さすが殿下、まるで恋物語の一節みたいです！」

オリビアは、恥ずかしがっているエリーに止めを刺しにいっている。

そんな二人を見て、クリスねーちゃんが小さい溜め息を吐いた。

「羨ましいですね。私にはそんなロマンティックな思い出などありませんよ」

「っていうか、クリスねーちゃんはどうなのさ？　正直、あの二人の状況から今に至る経緯が全く想像つかないんだけど？」

「え？」

俺の言葉に、クリスねーちゃんは話が自分に向くとは思っていなかったのか、ちょっとギョッとした顔をした。

「あ、それ気になります。クリスお姉様とジークお兄様がどうやってご結婚されたのか教えて下さい」

「私も知りたいです！」

「そうですわ！　私だけ恥ずかしい思いをするのは不公平ですわ！」

「ちょ、ちょっと待ちなさい！　というか、妃殿下の台詞《せりふ》はおかしいです！」

「おかしくありませんわ！　さあ！　キリキリ吐きなさい！」

「くっ……」

お、これは、国に仕える騎士としては王太子妃の命令には逆らえないか？

ようやくクリスねーちゃんとジークにーちゃんの話が聞けるかも。

そう思ったときだった。

「あ！　着信！　着信ですから！」

クリスねーちゃんの無線通信機から着信のベルが鳴った。

舌打ちする王太子妃をよそに、クリスねーちゃんは通信機に出る。

「はい！　……ああ。今ですか？　シンの家です。は？　帰ってこい？　なにを偉そうに。え？　はぁ……そうですか。……わかりました、じゃあ今から帰ります」

話の内容からしてジークにーちゃんだな。

家出した嫁さんに帰ってこいって連絡を入れたらしい。

「すみません妃殿下。私は帰りますので、この話はなかったことに」

「ちょっ！　ズルイですわよ！」

「シン、ゲート、お願いしますね」

シシリーも話を聞きたそうにしていたので、クリスねーちゃんの要望をすぐに了承しなかったのだが……。

「え、でも……」

「シン」

「は、はい！　分かりました！」

クリスねーちゃんの声が怖すぎて、すぐにクリスねーちゃんの家にゲートを繋いだ。

「それでは、失礼いたします妃殿下。シンたちもまたね」

クリスねーちゃんはエリーに丁寧な挨拶をしたあと、俺たちに手を振ってゲートを潜って帰って行った。

「ああ、せっかくクリスティーナ様とジークフリード様の話が聞けると思ったのに」

オリビアがそう不満げに言っていると、通信機が鳴った。

「あれ？　私？」

オリビアがそう言いながら通信機に出る。

「あ！　ゴメン！　ウォルフォード君が帰ってるならマークも帰ってるよね。うん、そうウォルフォード君の家。うん、じゃあ待ってるね」

通信の相手はマークだったようで、妊娠《にんしん》初期で魔法の使えないオリビアを迎えに来るらしい。

その後すぐにマークが迎えに来てオリビアが帰り、それと入れ違うようにオーグもエリーを迎えに来た。

「すまないなウォルフォード夫人、世話になった。じゃあシン、また明日」

「おう。また明日」

さっきの話を思い出してニヤニヤしないよう必死になりながら二人を見送った。

その後、ずっと空気だったミランダとナターシャさんは歩いて帰るとのことで玄関から帰って行った。

急に人がいなくなって静かになったリビングで、俺はちょっと気になったことをシシリーに訊ねた。

「そういえば、エリーに突っかかってたって令嬢はその後どうしたの？」

そんな騒ぎを起こしたんだから、その令嬢がどうなったのか気になっていたのだ。

「え？　ええと、確かそのあとすぐに王都の学院を辞められて自領の学院に転入したそうです。そのあとは分かりません」

「へえ、さすがに恥ずかしくて学院にはいられなかったのかな？」

「そうだと思いますけど、詳しいことはなんとも」

シシリーがそんな令嬢と交流があったとは思えないし、詳しく知らなくてもしょうがないだろうな。

それにしても、オーグとエリーのとこはずっと順調だと思っていたけど、過去にそんなことがあったんだなあ。

今度、マークとオリビアにも聞いてみよう。

俺らは、告白から全部知られているんだ。

俺には知る権利がある！

と、思う。

◆

アールスハイド王都から離れたとある領地。

その領主館をとある商人が訪れていた。

「……それではドーヴィル伯爵、この取引内容でよろしいでしょうか？」

そこで行われていたのはごく普通の商取引で、今まさに条件が整ったところだった。

「ああ、これでいい。いや、正直助かった。ここ数年、私は立場が悪くてね。私に不利な取引しか行えなかったのだよ」

領主館にいるのは代官が多い中、今ここにいる人物は伯爵と呼ばれた。

つまり、領主本人である。

「そのようですね。こう言ってはなんですが、だからこそ私どものような外国の商人からすると取引がしやすいのですが」

「ああ、分かっている。国外の商会なら取引相手を見つけるだけでも苦労するだろうし、私は国内の商会からの信用がない。お互いにメリットのある取引だったというわけだ」

「左様《さよう》ですね。しかし、お見受けしたところ領地の経営も真っ当にされているようですし、信用をなくすようには見えないのですが……」

「ああ、そのことか……」

　ドーヴィル伯爵は、話すかどうか一瞬迷ったあと、今後も商取引を行う相手なのだからとその事情を話した。

「なるほど、お嬢様が……」

「ああ……私は王家に失礼を働くような子供を育てた無能者との誹《そし》りを受けてな……事実その通りであったからなにも反論できず、ついには貴族社会で孤立し領地に引っ込んだというわけだ」

「そして領主としての資質も……というわけですか。この領地を見る限りでは風評被害のようですが」

「事実かどうかなど、噂話を垂れ流す連中にとってはどうでもいいのだよ。忌々《いまいま》しいことにな！」

このドーヴィル伯爵が犯した失態は、娘の教育だけ。

それ以外ではそこそこの評価を受けていたのだが、娘の一件があって以降その評価も一変した。

どんなに良好な領地の経営を宣伝しても、一度下された人物像を覆《くつがえ》すことは難しく、それまで取引をしていた商会からも手を引かれ、新規で取引しようとすると足元を見られる。

そんな状況に陥《おちい》ってしまった伯爵領の経営は徐々にひっ迫していった。

頭を抱えるような状況のときに国外からアールスハイド王国内にて商売をしたいという商人が現れた。

それが今ドーヴィル伯爵と契約を結んだ商人である。

この商人はアールスハイド国内の商会とは違い、足元を見るようなことをせず真っ当な商取引を持ち掛けてきた。

のっぴきならない状況になりかけていた伯爵は、すぐにこの商人との商談を開始し、この度契約するに至ったのである。

伯爵からすれば、まさに救い主であった。

そんな救い主のような商人であったため、伯爵は隠し事をするべきではないと全て話すことにした。

「なるほど……それで、その娘さんは？」

「ああ、今は……ほら、そこの庭園にいる」

取引が行われていた執務室の窓から庭園を見ると、そこにあるテーブルセットに座りお茶を飲んでいる令嬢の姿があった。

「ほう、美しいですな」

「ああ。あんなことをしでかし、我が家の信用を失墜《しっつい》させたのだが……やはり我が子は可愛くてな。この館に留め置いているのだ」

そう言って娘を見る伯爵の目は慈愛《じあい》に満ちていた。

「一昨年《おととし》、殿下がご結婚されてからの落ち込み様は非道《ひど》くてね。ようやく気を取り直してきたところに、今度は王太子妃の懐妊《かいにん》の報《しら》せだ。私は、あの子が可哀想《かわいそう》でならない」

「……そうですか」

貴族なら、自国の王太子夫妻に子供ができたことを喜びこそすれ、それにショックを受ける娘を可哀想などと思うものだろうか？

どうやらこの伯爵は、領地経営はまともでも、噂通り娘が関わると途端に愚かになるようだと、商人は伯爵の人物像を決定付けた。

これなら上手くいくのではないか？

そう考えた商人は、ある計画を伯爵に持ち掛けることにした。

実家にとんでもない負債を負わせておきながら、未《いま》だに夢から覚めていない令嬢と、それを哀れに思う親。

この計画を持ち掛ける相手を探していた商人は、お誂《あつら》え向きの人物が目の前にいることに笑みを浮かべるのを必死に我慢した。

そして、伯爵に話しかけた。

「伯爵」

「なんだ？」

商人の呼びかけに振り向いた伯爵の目をジッと見つめながら、商人はニヤリと口元を歪《ゆが》めた。

「娘さんの願いを叶えてやりたいとは思いませんか？」

「なに⁉」

商人の言葉に目を見開いた伯爵は、その内容を聞かされた。

しばらく考え込んだ伯爵は、商人の思惑通りに事が運べば娘の願いを叶えてやりつつ、自分を陥《おとし》いれた奴らに復讐ができると考え、商人の思惑に乗ることにした。

その後、執務室に娘が呼ばれ商人の考えを聞かされたところ、即決しすぐに行動に移すこととなった。

それを見ていた商人は、表情に出すことなく内心でほくそ笑んでいた。

（こうも簡単に口車に乗るとはなんと愚かな……まあ、上手くいけば我らにとっても利はあるし、失敗しても……）

そこまで考えた商人は、もうすでに計画が上手くいくことを疑いもせずはしゃいでいる娘と、それを愛おしそうに見つめている伯爵を見た。

（切り捨てればいいだけの話だ）

そう考えた商人は、伯爵に挨拶をして執務室から退出した。

領主館の廊下《ろうか》を歩きながら商人は考える。

もう伯爵側は動き出した。

これからは慎重に行動しなくてはならない。

そのためにやらなければいけないことを頭の中で考えながら、商人は領主館をあとにした。

◆

「アルマさんが不審《ふしん》な人物と接触した？」

「ああ」

オーグとエリーの中等学院時代の話を聞いた翌日、話があるということでパートナーをマークからオーグに変更してもらった。

その依頼先に向かう道中で、オーグから昨日の諜報員からの報告を聞かされたのだ。

「それで、どう不審だったんだ？」

「アルマが帰ってくるまで、その男はずっと部屋の前で待っていたらしい」

「隠れもせずにか？」

「そのようだ」

そんな堂々とアルマさんに接触するなんて……。

「アルマが帰ってきたらすぐに部屋に通されたらしい。その後、部屋から出てきたのは随分《ずいぶん》経ってからだ」

それって……。

「彼氏じゃねえの？」

「そうかもしれない。だが……」

「いつ知り合ったのか、ってことか？」

「そういうことだ」

オーグから、アルマさんは事務所と家の往復、それと生活必需品の買い物のみの行動だと聞いた。

そんなアルマさんのもとを訪れる人物となると……。

「元々の知り合い。ダームの人間ってことか」

「そういうことになる」

そりゃ確かにオーグからしてみたら不審人物だろうけど……。

「けどさあ、もしなんらかの密命を帯びていたとして、隠れもせずに堂々としてるもんか？　やっぱり遠距離になったアルマさんに会いに来た彼氏なんじゃねえの？」

マリアの誘いも断腸《だんちょう》の思いで断ったみたいだし、彼氏が遠いところから会いに来てたっていう方が自然なんじゃないのかな。

「恋人に見せかけるためにあえて、という可能性もある」

はあ、もうオーグは最初からダーム出身のアルマさんを疑いの目で見てるから、なにをしても不審な行動にしか見えないんだろうな。

アルマさんと会ったという人物が誰なのかが分からなくてイライラしているのが分かる。

「ああ！　くそっ！　一体部屋の中でなにをしてどんな会話をしていたんだ！」

「え、そりゃあ……ナニをして、愛の言葉を囁《ささや》いてたんじゃないの？」

俺がそう言うと、オーグはジト目を向けてきた。

「お前……最近ご婦人方と一緒にいることが多いから、思考が恋愛方面に偏《かたよ》っているんじゃないか？」

「そんなことねえよ！　っていうか、普通に考えたらそうだろ？　アルマさんに興味のありそうな話をマリアがしてくれるっていうのにそれを断ってまで会ってた男性。特に姿を隠すでもなく、部屋に何時間も一緒にいた。普通、遠くに引っ越した恋人に会いに来たって考えるのが自然なんじゃねえの？」

「それは確かにそうなんだが……」

オーグはそう言うと、ガシガシと頭を掻いた。

「どうにか部屋の中の会話が聞ければ全て解決するのに！」

憶測でしか話せないのがよほど癪《しゃく》に障《さわ》るのか、珍しくイライラしている。

部屋の中の会話か……。

「なあシン。前世ではそのような道具はなかったのか？」

「あるけど……」

「あるのか！」

部屋の中の会話を聞く、所謂《いわゆる》盗聴器だ。

無線通信機が出来ているのだから、それを応用すれば簡単に作れる。

けど……。

「俺は、それを使うことには反対だな」

「……なぜだ？」

盗聴器を使うことに反対の意見を出すと、オーグが目を細めた。

「オーグの言う道具……盗聴器っていうんだけど、確かにそれを使えばオーグの懸念はすぐに払拭《ふっしょく》されると思うよ」

「なら！」

「けど、それを個人宅に設置するのは賛成できない。それって、アルマさんのプライバシーを全部覗《のぞ》き見《み》するってことだぞ」

「それは……」

俺がそう言うと、オーグはさすがに気まずそうな顔になる。

「アルマさんが本当にダームのスパイだって確証があるならいいよ。けど、もし違ったら？　お前は、無実の事務員に嫌疑《けんぎ》をかけてプライバシーを覗き見した奴ってことになるんだぜ？」

「……」

「もし昨日来た人が本当にアルマさんの恋人だったら？　それこそ、恋人同士の睦《むつ》みごとを盗み聞きすることになる。その上で、今まで通り普通に接することができるか？」

「……そう、だな。悪かった。今のは聞かなかったことにしてくれ」

「了解」

もしかしたら、アルマさんが本当にダームのスパイって可能性もある。

けど、今のところアルマさんにそんな素振りは見られないし、仕事ぶりだって昨日のアンリさんの報告にもあるように非常に優秀だ。

オーグはその立場上、ダームの不穏な噂をよく耳にしているから、ダームに疑心暗鬼になっているんだろうな。

とりあえず、アルマさんの家に盗聴器を仕掛けるという考えを改めることができたのは良かった。

あ、けど。

「犯罪捜査には有効だから、一応作るだけ作っておこうか？」

明確な嫌疑がかかっていて証拠が摑《つか》めない場合などに、盗聴器を使った捜査は非常に有効だ。

あとは、録音できる装置と一緒に開発できれば、犯罪捜査に十分役立てられると思う。

ということをオーグに説明すると「頼めるか？」と盗聴器と録音機の開発を依頼された。

「それにしても、ここ数日で警備局の装備が急に充実したな。魔法の痕跡《こんせき》を辿《たど》れる道具に、秘密の会話を盗み聞きして残しておける道具とは……」

「盗聴器は無線通信機があるからすぐにできるけど、録音機はちょっと時間くれ。一から作んないといけないから」

「分かった。さて、そろそろ依頼のあった村に着くな。まずは仕事を終わらせよう」

「了解」

オーグとの会話を切り上げ、俺たちは目的地である村に辿り着き依頼をこなした。

そして、この会話から数日後、まずは盗聴器が完成し、続いて録音機も完成した。

テープとかCDとかHDとかがないのでどうしようかと思ったが、魔石《ませき》そのものに『録音』という付与をするとすぐに機能した。

魔力紋《まりょくもん》の測定装置といい録音機といい、魔石ってそれそのものが優秀な魔道具なんじゃないだろうか？

これは、クワンロンとの魔石貿易が始まるのが楽しみになってきたな。

◆

「そういや、例のヤツ、評判はどうよ？」

魔力紋測定器と盗聴器、そして録音素材を警備局に納品した数日後の休日、エリーと共にうちに遊びに来たオーグに警備局での検証結果を聞いてみた。

それにしても、こいつら本当に休みのたびにうちに来てんな。

そんなに王城は気が休まらないんだろうか？

「ああ、警備局からの評判は最上だな。今、様々な状況での検証を行っているところだが、実戦配備も近いだろうな。アレを扱う専門の部署を立ち上げようという話も出ている。近々大量生産の依頼が入ると思うぞ」

「へえ、そうなのか。そりゃ良かった」

警備局からの大量受注か。

俺がするのは魔石を作ることだけだから、ビーン工房がまた忙しくなるな。

そんな会話を俺とオーグでしていると、エリーが会話に入ってきた。

「シンさんの作る道具って、本当に役に立ちますのね。私、見直しましたわ」

「どういう意味だ、おい」

藪《やぶ》から棒に、なんて失礼なことを言うんだ！

「だって、シンさんがなにか作るたびにオーグやトールが騒いでますもの。常識はずれな、世間を騒がすものばかり作ってるのかと思いましたわ」

「概《おおむ》ね間違ってはいないな」

あれ⁉

オーグは、俺が前世の記憶を持ってるって知って、納得したんじゃなかったっけ⁉

「シンには、ここではない世界の記憶があるからな。その世界の常識とこの世界の常識に齟齬《そご》があるのは仕方がない」

あ、そういう認識なのね。

俺が常識外れなのはある程度仕方がないと。

「逆に、この世界で魔道具というと戦闘用を真っ先に思い浮かべるのだが、シンにはその発想がない。争いのない国だったそうだからな」

「そうでしたか？　えぇっと、シンさんが今まで作ってきたものというと……」

オーグの言葉を受けて、俺が今まで作ったものをエリーが思い出そうとすると、シシリーが先に答えた。

「一番に思い浮かぶのは通信機ですね」

「そうだな。あまりにも便利過ぎて、最早《もはや》これなしの生活はありえんな」

オーグの言葉に、エリーもシシリーも頷《うなず》く。

「あとは、ブラシ付きドライヤーとヘアアイロンですわね。毎朝お世話になってますわ」

元々は、シシリーとマリアの誕生日プレゼントとして作ったその二つだけど、エリーの食いつき方は凄かった。

今では、改良版が出るたびにご購入頂いている。

毎度ありがとうございます。

「ああ、あとアレですわ！」

「アレ？」

「なんだ？」

エリーがなにかを思い出したらしいが、製品名を言わずにアレとしか言わない。

大声を出すようなアレってなんだ？

「えっと、その……」

「「？」」

「あの……お、お手洗いの……」

「「ああ！」」

洗浄機能付き便座か。

そういやアレって、俺が皆に広めた最初の魔道具だったんだよな。

今ではウォルフォード商会で売りに出してるもんだから、国中に定着してしまって目新しさがない。

だからすぐに出てこなかったのか。

「まあ、他にも色々あるが、シンが今まで作ってきたのは戦闘用以外のものばかりだ。唯一《ゆいいつ》の例外がバイブレーションソードだな」

「……ああ、本当ですわ。確かに戦闘用以外の魔道具ばかりですわね」

オーグの説明でようやくエリーが納得したようだ。

「前世の国では、武器って小さいナイフですら所持するのは違法だったからなあ。なにかを攻撃する道具っていう発想があんまり出てこないんだよ」

「へえ。ということは、シンさんの前世の世界って争いのない世界だったのですか？」

「いや、俺のいた国がそうってだけ。他の国だと、簡単に人を殺傷できる武器を安価で売っている国とかあった」

「そういえば、お前の前世の世界では情報が手に入りやすいと言っていたな。魔法の殺傷力が高いのはそのせいか」

「うーん、それもあるだろうけど、一番大きいのは創作物かな」

「「「創作物？」」」

三人が揃って首を傾げた。

「ほら、前にエリーが読んでたような小説とかだよ。前世で魔法は想像上のものだったけど、創作物では割とポピュラーに出てくるんだよね」

現実には使えないからこそ創作物でくらい使いたいって願望なんだろうな。

まあ、小説や漫画だけじゃなくてゲームの影響も大きいんだろうけど。

「前世では魔法なんて想像の産物でしかなかったからさあ、この世界に生まれ変わって魔法が使えるのが楽しくてしょうがなかったんだよね」

「……なるほどねえ。だから興味本位で魔法を開発しまくったわけかい？」

「うん、そう……」

とても自然に会話に入ってきたので普通に対応したが、今のはここにいる三人じゃない。

恐る恐る後ろを振り向くと、そこにはばあちゃんと爺さんがいた。

「なんてこったい。知らなかったとはいえ、そんな子の前で普通に魔法を使ってたなんてねえ……」

「ほっほ。そりゃあ、次々と魔法を覚えるわけじゃ。好きなことには夢中になるもんじゃからのお」

二人の言う通り、俺には爺さんとばあちゃんという最高のお手本がいたからね。

まあ、これがこの世界の普通の魔法なんだと誤認する切っ掛けでもあったわけだけど。

「前世での創作物やその他の知識、それと最高のお手本ですか。シン君が出来上がるのも納得ですね」

シシリーがにこやかにそう言うが……え？　それって褒《ほ》めてる？

「ところでシンさん」

「なに？」

「その創作物って、魔法を使うものばかりですの？」

「え？　ああ、確かにそういったものの方が売れてるけど、それ以外のものも当然あるよ」

「例えば、どんな？」

「そうだなあ……純文学小説とか、エリーがこの前読んでたような恋愛小説とか、推理小説とかかな。他にも歴史小説とか……あ、あとあれだ、ホラー小説」

「ホ、ホラー⁉」

順番にあげていった中で、エリーがホラー小説に反応して大きな声を出した。

ただ、エリーの顔を見ると興味のあるジャンルだったから反応したんじゃなくて、怖いから反応したのがよく分かる。

「な、なんでそんなジャンルがあるんですか⁉」

「え？　こっちにもあるだろ？　ホラー小説」

「ありますけど！　なんでわざわざ怖い思いをしようとするんですの‼」

それは、エリーの魂からの叫びに聞こえた。

あー、本当に苦手なんだな。

「え、えっと。そうだ！　シン君、恋愛小説はどんなものが主流なんですか？」

涙目になっているエリーを気遣ったのか、シシリーが一生懸命話題を転換しようとしてくれている。

エリーは妊娠初期の妊婦だし、あまり情緒不安定にさせるのもよろしくない。

なので、俺はシシリーの話題転換に乗っかることにした。

とはいえ、恋愛小説の主流？

「えー……あー……あ！　この前エリーが読んでたような話とかもある」

「身分違いの恋とかですの？」

「そうそう。あ、あとはその派生パターンとか」

「派生？」

「そう。エリーが読んでたのって、平民の女の子が主人公なんだろ？」

「そうですわ」

「派生パターンは、その婚約者の令嬢が主人公なの」

俺がそう言うと、エリーは首を傾げた。

「それ……物語として成立しますの？」

「エリーの読んでる小説だったらしないよ。じゃなくて、婚約者の令嬢に問題がなくて、男と身分の低い女の方に問題があるパターンな。最初はその男と浮気相手の女に貶《おとし》められて婚約を破棄されるんだけど、それを拾い上げて救ってくれる、もっと身分の高い男と再婚約するって話」

「へえ」

「んで、定番なのが、最後に浮気男と寝とり女が断罪されるパターンだな」

「断罪、ですか。それはどんな？」

「それこそ色々だよ。そのパターンの数だけ物語があるって言ってもいい」

「そうなんですの」

と、そこで俺はあることを思い出した。

「そういえば、オーグに聞きたいことがあったんだけど」

「なんだ？」

「シシリーとエリーから聞いたんだけどさ、なんか中等学院のときに他の女の子と色々あったんだって？」

「誤解を生むような言い方をするな！　色々あったのはエリーの方で、私はそれを解決しただけだ！」

あ、確かに今の言い方だとオーグがエリー以外の女の子となんかあったっていう風に聞こえるな。

「まったく。それよりエリー、あのことを話したのか？」

「あ、いえ。詳しく話したのは私です」

「流れで例の件の話になりまして……私が話し辛そうにしていたのでシシリーさんが代わりに話してくれたのですわ」

「そうか。なら仕方がない。それより、それがどうしたのだ？」

「あ、いや。断罪で思い出してさ。その子、結局どうなったのかなって思ってさ」

俺がそう言うと、オーグは当時のことを思い出そうとしているのか、目を閉じて考え込み、そして思い出したのか喋りだした。

「学院の和を乱したとして、当時の学院長がその令嬢に退学処分を言い渡した」

「え⁉ たったあれだけで⁉」

その令嬢のしたことって、自分がオーグと付き合ってるって妄想に憑りつかれて暴走しただけだろ？

俺がそう言うと、オーグはなんでもないことのように言った。

「学院内のいざこざとしては他愛もない話なのだが、伯爵令嬢が公爵令嬢に牙を剝《む》いたのだ。完全実力主義の高等魔法学院と違って、王立学院は身分差がハッキリしているのだからな」

そういえばそうだった。

アールスハイド高等魔法学院は完全実力主義。

たとえ王族であっても忖度《そんたく》はされない。

その証拠に、入試成績は平民の俺が首席で王族のオーグが次席だった。

そしてそれは学院生活においても適用され、貴族が権力を用いて平民を虐げることは禁じられていた。

それは、平民の優秀な魔法使いの芽を潰《つぶ》さないためだ。

「ひょっとして、騎士学院も？」

俺は、シシリーの背後で直立するミランダにそう聞いてみた。

「ああ。その辺は高等魔法学院と同じだよ。優秀な者を身分を問わずに発掘するためって言ってた」

「経法学院もそうだぞ」

「へえ、専科の高等学院はそうなんだ」

「まあな。言ってしまえば『そこ』だけだ」

「だけ？　ってことは他は違うのか？」

俺がそう言うと、オーグは呆《あき》れ顔を見せた。

「当たり前だろう？　なんのための身分制度だと思っている？」

「え？　だって、アールスハイドの身分制度って緩くね？」

現に、元子爵令嬢と元公爵令嬢の王太子妃と王太子が平民の家に集まってるけど。

するとオーグがなんだか脱力してしまった。

「この家……というかウォルフォード家周辺だけが異質なのだ。マーリン殿やメリダ殿は国王である父上の師で、お前はその気になれば世界を統治することもできる力を持っている。今更不敬だなんだなど、意味のないことだろ」

オーグはそう言ったあと「それに」と言って俺を見た。

「私はお前の従兄弟《いとこ》なのだろ？」

そう言ってニヤッと笑った。

「そ、そういや、そうだったな」

オーグのことは、親戚《しんせき》のおじさんだと思ってたディスおじさんに子供がいるって聞いたときから、勝手に従兄弟だと思ってたんだよな。

もう随分前のことだからすっかり忘れてた。

急に言われて気恥ずかしくなっていると、エリーがジト目で俺たちを睨《にら》んでいることに気が付いた。

「オーグ……妻の妊娠中に浮気ですの？」

「シン君、そうなんですか？」

「「誰が浮気だ‼」」

エリーはともかく、シシリーは冗談だよね⁉

「ふふ、冗談ですよ」

「冗談ですわ」

エリーはすまし顔で、シシリーは微笑みながらそう言った。

はぁ……そういうのは冗談でもやめてくれよ。

それにしても、なんでこんな話になったんだっけ？

「あ、そういやさ、その令嬢って大丈夫なのか？」

「大丈夫？　なにがだ？」

「いや、公爵令嬢であるエリーに突っかかるくらいオーグに惚《ほ》れてたんだろ？　エリーに対して逆恨《さかうら》みとかしてたりしないのか？」

俺がそう言うと、オーグはフッと笑った。

「その件があってから、実家の伯爵家は落ちぶれたからな。そんな家の令嬢が一人恨みを募らせていたとしても、どうということはないさ」

オーグは、自信満々にそう言った。

◆

とある貴族の屋敷の執務室に、一人の令嬢がいた。

その様子はとても苛立たしそうで、爪を噛みながら貴族家の令嬢とは思えないほど荒い歩調で室内を歩き回っていた。

「ナタリー、少しは落ち着きなさい」

同じく執務室内にいた父にそう窘《たしな》められたナタリーと呼ばれた令嬢は、怒りの籠《こ》もった目で父を睨んだ。

「落ち着け⁉　落ち着けですって、お父様⁉　どうしてこの状況で落ち着いていられますの‼」

ナタリーは、父の言葉に激しい口調で反論した。

「なんで⁉　なんであの忌々しい女狐《めぎつね》はまだ王太子妃の座に居座っていますの⁉　すぐに王太子妃から退くはずではなかったのですか‼」

その言葉を聞いて、父も顔を顰《しか》めた。

「確かにな……もしかしたら騙《だま》されたのかもしれん……」

父のその言葉に、ナタリーはさらに激しく怒り出した。

「きっとその商人とやらも、あの女狐の差し金ですわ‼　なんと卑劣《ひれつ》な‼」

ナタリーはそう言ったあと、大仰に嘆《なげ》いてみせた。

「ああ、なんとお可哀想なアウグスト様！　きっとあの女狐に騙され、誑《たら》し込《こ》まれ、正気を失っているに違いありませんわ！　待っていてくださいませ、私が必ず救って差し上げますから‼」

そう叫ぶナタリーの顔には、エリザベートからアウグストを救い出し、自分と添い遂げる未来が見えているのか恍惚《こうこつ》とした表情が浮かんでいた。

そんな娘を見る父の表情は憐《あわ》れみに満ちている。

「おお、可哀想なナタリー。やはり殿下は女を見る目がないな。こんなに可愛いナタリーを放っておいて、公爵家の娘なんぞを妃にするとは」

「お父様！　お父様といえどアウグスト様を侮辱《ぶじょく》なさるのは許せませんわ！　アウグスト様の目が曇っているのではなくて、あの女狐に騙されているのです！」

「そ、そうか。そうだったな」

「そんなことよりも、あの使えない商人の代わりを見つけなくては……」

「使えないとは、随分なお言葉ですね」

ナタリーが次の一手を考えようと思案し始めたとき、それを遮《さえぎ》る声がして執務室に一人の男が入ってきた。

「き、貴様！　よくもノコノコと顔を出せたものだな‼」

執務室に入ってきたのは、男……ドーヴィル伯爵に商談を持ち掛けてきた商人であった。

商人は、ドーヴィル伯爵の剣幕《けんまく》を意に介さず堂々と対面に立った。

「いやはや、どうやら妃殿下はなにやら特殊な体質なのかもしれませんな」

「あの女を妃殿下などと呼ばないでちょうだい‼」

「特殊な体質だと？　どういうことだ？」

ナタリーの剣幕を無視して、商人はドーヴィル伯爵に答えた。

「妃殿下の食事に致死性のない毒物を混入させることには成功したのですよ。毒見にも引っかからず、しかし妊婦が摂取すればかなり高い確率で子が流れてしまうようなものをね」

そう、商人がドーヴィル伯爵に持ち掛けた提案とは、妊婦であるエリザベートの食事に致死性のない毒物を混入させ、子供を流産させること。

上手くいけばエリザベートは子供を流産するだけでなく、その際に命を落とす可能性も高い。

もし死ななくても、一度子供を流産すれば二度と子供が産めない身体になる可能性もある。

そうなれば次代に子供を残すことが使命である王太子妃の座にはいられなくなる。

その空いた席に、娘を座らせることができると、ドーヴィル伯爵に提案した。

普通に考えれば、もし思惑通りにいったとしてもエリザベートに嚙み付きアウグストの不興を買ったナタリーが次の王太子妃に選ばれる可能性などない。

しかし、愚かな娘を溺愛《できあい》する愚かな父親であれば、間違いなく乗ってくると商人は踏んで提案し、その通りにドーヴィル伯爵は提案を受け入れた。

商人がドーヴィル伯爵に頼んだのは、その毒物の入手。

外国の商人で、アールスハイドに地盤がない自分には特殊な毒物を入手する伝手《つて》はないので、この国の貴族であるドーヴィル伯爵に頼んだのだ。

ドーヴィル伯爵は、まだ切れていない己の伝手を全て使ってその毒物を入手し、商人に手渡した。

そして、致死性の毒物ではなく無味無臭であるため毒見にも引っかからないその毒をエリザベートに摂取させることにも成功していた。

毒物を飲むと、割と重い風邪《かぜ》のような症状が出る。

毒見役は、翌日風邪で仕事を休んだことから間違いなく毒物は混入されている。

なのに、エリザベートには症状が全く出なかった。

日を置いて何度か試してみたが、やはりエリザベートに症状は出ない。

その代わりに、何度も毒見役が風邪で休むのでそろそろ怪《あや》しまれそうでこれ以上同じ手段を取ることは難しい。

商人はそう報告してきた。

それを聞いたドーヴィル伯爵は、腕組みをして険《けわ》しい顔で黙り込んでしまった。

だが、ナタリーは黙っていられなかった。

「毒が効かないなんて……体質まで傲慢《ごうまん》なの⁉　あの女狐は‼」

ナタリーはそう言ったあと、自分の指の爪を噛みブツブツとなにかを呟《つぶや》きながら執務室をウロウロと歩き始めた。

「まあ、そういうわけでして、そろそろ次の手段を考えねばと思いましてね、こうして伺った次第です」

商人がそう言うが、ドーヴィル伯爵はなにも言葉を発しなかった。

いや、発せなかった。

エリザベートの周辺に気取られず彼女を害して排除するには、妊娠している今が絶好の機会だ。

しかし、肝心の毒が効かなければどうしようもない。

次の手と言われても、王族を害する方法などすぐに思い浮かぶはずもない。

諦めるか？

しかし、ナタリーを悲しませるわけには……。

そんなことを考えていたドーヴィル伯爵だが、次の瞬間その思考は中断させられた。

「そうだわ！　そんなまどろっこしいことをしているから駄目なのよ‼」

ナタリーは突然大声でそう言ったかと思うと、父と商人に向け満面の笑みを見せた。

その数日後、アールスハイド王都を駆け巡った事件のニュースに、王都民は驚愕《きょうがく》した。

王太子妃エリザベートが襲撃《しゅうげき》されたのである

◆

「おい！　エリーが襲撃されたって本当か⁉」

今日も依頼をこなして事務所に戻ると、慌てた様子のカタリナさんから、エリーが王城で襲われたと聞かされた。

無線通信機でオーグに連絡を取ると、すでに王城から連絡を受けていたのかオーグは王城に戻っていた。

『ああ。なんでも、王城の中庭に出ようとしたとき、植え込みに潜《ひそ》んでいた賊《ぞく》がエリーに向かって魔法を放ったらしい』

王城内で魔法を撃った⁉

「エリーは⁉　無事なのか⁉」

俺たちと違って、エリーは身分こそ高貴だが戦闘力は皆無だ。

しかも妊娠している。

俺はエリーの安否が気になって焦《あせ》って確認するが、オーグは落ち着き払った様子だった。

『安心しろ。エリーは無事だ。かすり傷一つ負っていないし、お腹の子にもなんら影響はない』

オーグのその言葉に、俺は安堵《あんど》から全身の力が抜けたような気がした。

『今回も、お前に助けられたな』

「ん？」

『魔法がエリーに着弾しようとしたとき、エリーの着けているペンダントが起動し、護衛や侍女《じじょ》たちごと障壁が包み込み、その障壁が放たれた魔法を完全に防いだそうだ』

「ああ！　そうだった！」

エリー襲撃のニュースが衝撃的すぎて、そのことをすっかり忘れていた。

俺、前にエリーの身を守る魔道具をプレゼントしてた。

『まあ、エリーは驚いて腰を抜かしてしまったらしいが、被害といえばそれくらいのものだな』

とにかく、エリーに被害が及ばなかったのは良かったけど、それよりも俺には気になることがあった。

「王城の警備はどうなってんだよ？」

『王太子妃が懐妊しているんだぞ？　警備は万全を期しているし、出入りする人間の審査も厳重にしているに決まっている』

「じゃあ……」

オーグの言葉を聞いた俺は犯人について、考えたくないがそれしか可能性がないことに思い至った。

『十中八九、内部の人間だろうな』

オーグの声は、非常に苦々しいものだった。

通信機越しなので表情までは分からないけど、相当歪んでいることだろう。

『警備局が早速捜査に乗り出している。犯行の状況から、容疑者は絞り込みやすいからな。早々に犯人は見つかるだろう』

「じゃあ、アレを使うのか？」

『ああ。初めての実用がエリー襲撃犯の捜査というのが気に食わんがな』

ああ、これは……オーグ相当怒ってるわ。

犯人が見つかったとして、これって王族に対する反逆行為だから極刑は免《まぬが》れないんだろうな。

これだけ怒っているオーグが恩情をかけるとも思えないし……。

『それに、少し懸念事項もあるし、そちらの捜査も同時に行う予定だ』

「懸念？」

『ああ、いや、なんでもない。そういうわけで、私はしばらく捜査に掛かり切りになる。コンビの再編成と、依頼の割り振りの調整をするように伝えておいてくれないか？』

「分かった。ちょうど今事務所にいるから伝えておくよ」

『すまない。助かる』

「いいって。それより、無事だったとはいえエリーが襲われたことに違いはないんだ。ちゃんと慰《なぐさ》めてやれよ？」

無傷とはいえ、今まで戦闘に関わったことのないエリーは絶対にショックを受けているはずだ。

おまけに妊婦なのだから、精神的に動揺させるのはよくない、と思う。

『そうだな。お前から連絡が来るまではそうしていたよ』

ん？　あ、ってことは。

「あ、ゴメン。お取り込み中だった？」

『妙な言い方をするな。ん？　なんだ？　替われ？』

オーグが途中で、隣にいる人物と話し始めた。

話の流れからいって、これは間違いないな。

『シンさん？　エリーです。この度は、本当にありがとうございました』

予想通り、エリーから感謝の言葉をもらった。

「いいよ。気にするな。友達を守るのは当然だろ？」

『それでもです。シンさんからもらった魔道具のおかげで、私もお腹の子も助かりました。いくら感謝してもし足りませんわ。本当にありがとうございます』

「そっか。なら素直に受け取っておくよ。けど、無傷だったとはいえ精神的にショックは受けてるだろうから、しばらくは安静《あんせい》にしておけよ？」

『ええ。侍医《じい》からもそうするように言われておりますので大丈夫ですわ』

「そりゃそうか。ああ、なんだったらウチに来てシシリーと一緒にいたらどうだ？　一人でいるより気が紛《まぎ》れるだろ？」

『そうですわね。もしかしたら、そうさせていただくかもしれませんわね』

「ああ、遠慮すんな。シシリーには俺から言っとくから」

『ありがとうございます。あ、それではオーグに替わりますね』

『会話は漏《も》れ聞こえていた。すまんがそうさせてもらうと思う。迷惑をかける』

「だから、友達なんだから気にすんなって。じゃあ、そういうことで」

珍しく殊勝《しゅしょう》なことを言うオーグに、苦笑が漏れる。

『ああ。またなにかあったら連絡する』

オーグはそう言うと通信を切った。

俺は無線通信機から耳を離すと、じっとこちらを注視している事務員さんたちに向き直った。

「エリーもお腹の子も無事だそうです」

俺がそう言うと、事務員さんたちはホッと安堵の息を吐いていた。

「はぁ……良かったです」

俺に報告をしてくれたカタリナさんは、安心したのか自分の席に脱力したように座り込んだ。

隣のアルマさんも安心したように息を吐いている。

「ああ、そうだ、カタリナさん、カルタスさん」

「はい。なんでしょう？」

「どないしました？」

「オーグから伝言です。しばらく事件の捜査に掛かり切りになるから依頼をこなすことができないそうで、人員の再編成と依頼の割り振りの見直しをしてほしいそうです」

「分かりました」

カタリナさんはそう言うと、明日振り分ける予定であった依頼を見直し始めた。

そしてカルタスさんは、ニッと笑った。

「そんなん簡単ですわ」

おお、さすが。

仕事ができる人は違うなあ。

そう感心したのだが……。

「シンさんはまた一人で依頼を受けてください。そんで、トニーさんとマークさんがコンビを組めば再編成終了ですわ」

「……」

またボッチか……。

明日から、また一人で依頼を受けるむなしさを噛み締めていると、アンリさんが顎《あご》に手を当てながらポツリと言った。

「それにしても、王太子妃を狙うとはなんと大胆な。犯人は誰なのでしょうね？」

俺は、その言葉にどう反応するか困った。

彼らは、俺たちと一緒に仕事をする仲間ではあるが他国の人間だ。

犯人が内部の者の可能性が高いとなると、迂闊《うかつ》に話すことができない。

捕まってしまえば公表せざるを得ないのだろうが、まだ捕まえていない現状ではその捜査状況を話すわけにはいかない。

なので、知らない振りをすることにした。

「それは今オーグが調べているから、その内分かると思いますよ」

俺がそう言うと、カタリナさんがなぜか優しい笑みを浮かべていた。

「殿下のこと、信頼なさってるんですね」

よく見ると、アルマさんも同様の笑みを浮かべていた。

なんで？

「信頼っていうか、アイツ、こういう犯人には容赦ないし、しかも今回はエリーが狙われたでしょ？　本気度合いが違うんですよ。警備局の捜査員を総動員するって言ってましたし、すぐに見つかると思いますよ」

俺がそう言うと、イアンさんが首を傾げた。

「え、でも、犯人って妃殿下に魔法を撃ったあと逃げたんですよね？　魔法だと痕跡は残らないし、すぐに見つけるのは難しいんじゃ……」

そう言うイアンさんに、俺は言葉を濁した。

「まあ、オーグだから大丈夫ですよ」

そう言ったら、またカタリナさんとアルマさんが生温かい目で見てきた。

だからなんで？

と、そこでハッと気が付いた。

そういえば、カタリナさんは小説を読むのが好きだって言っていた。

そして、アルマさんも恋愛話には興味津々だった。

まさか……二人は、その手の本を愛読していて、俺たちで腐った妄想をしているんじゃ……。

そう思った俺は、恐る恐る二人を見た。

すると二人はニコッと笑って、納得したように頷いていた。

え？　マジで？

ちょっと、これは本気で誤解を解いておかないといけないんじゃ……。

そう思って声を掛けるが、いざ聞こうとするとどう切り出していいのか分からない。

「えっと……」

「はい？」

「なんでしょうか？」

「いや……なんでもないです……」

「そうですか」

「殿下が早く現場復帰できるよう、私たちも祈っておきますね」

……。

やっぱり、誤解してる気がする！

◆

自分がカタリナたちから妙な誤解をされているとは少しも知らないアウグストは、警備局局長のデニス＝ウィラーと共に王城内に設置されている捜査本部にいた。

次々に入ってくる捜査状況を知らせる書類を見ながら、アウグストはウィラーに話しかけた。

「それにしても、王城内にこれほど魔法が使える人間がいたとはな」

あまりにも膨大なその書類を見て、アウグストは深い溜め息を吐いた。

アウグストたちがしているのは、犯行現場で採取された魔法の痕跡を写した魔力紋測定装置と、捜査書類に添付されている魔力紋測定装置との照合だった。

ある程度の個数は現場にて採取できたのだが、捜査員全員に配布するには今後の捜査と調査のことを考えると数が足りず、泣く泣く数を絞ったのである。

その結果、証拠となる魔力紋測定装置は数が少なく、魔法を使える者から虱潰《しらみつぶ》しに採取した魔力紋測定装置とを少人数で照合しなくてはいけなかった。

「そうですな……こんなことなら、もっと早くに大量注文をかけておくべきでした」

「まあな。しかし、こんな事態が起こること自体想定していなかったからな。今は、シンがこの装置を開発してくれていたことを喜ぶとしよう」

「はい。それにしても、ウォルフォード殿はまるでこのことを見越したようにこの装置を開発されましたな。彼が神の御使《みつか》いと言われているのも、あながち間違いではないかもしれませんな」

ウィラーがそう言うと、アウグストは苦笑した。

「そんな意図があったとは思えんがな」

「なぜです？」

「アイツ、この装置を暇潰しに作ったとか言っていたからな」

「ひまつぶし……」

それで、このような画期的な魔道具を？　とウィラーは目を剝いた。

そのウィラーの表情を見たアウグストは、その心情がよく分かると笑みを溢《こぼ》した。

「まあ、それがシン＝ウォルフォードだからな。まるで息をするように規格外なことをしでかすんだ」

内容としてはシンを非難するようなものなのだが、それを語るアウグストの顔はウィラーからすると自慢気に見えた。

親友のことを貶《けな》しながらも自慢気に語るアウグストに、ウィラーは微笑ましいものを見るように目を細めた。

「……なんだ？」

そんなウィラーの雰囲気《ふんいき》を感じ取ったアウグストは不服そうな顔をした。

「ふふ。いえ。殿下の交友関係が良好なようで喜ばしいと思いましてな」

「なっ……ちっ、無駄話はこれくらいにして、さっさと続きを……」

アウグストがそこまで言ったときだった。

突然、同じく魔力紋測定装置の照合をしていた一人が、椅子《いす》を倒しながら立ち上がった。

その音に驚き、アウグストは言葉を途中で切って音のした方向を見た。

立ち上がった人物の手には、集められた資料と現場から採取した魔力紋測定装置が握られている。

「……あった」

立ち上がった男は小さくそう言ったあと、その二つの魔力紋測定装置をアウグストに向けて掲げながら再度声を発した。

「あった！　ありました殿下!!」

「なに!?」

「本当か!?」

アウグストとウィラーが交互に叫ぶと、資料を見つけた男が二人のもとに駆け付けた。

「はい！　間違いありません！　この男の魔力紋と完全に一致します!!」

男はそう言いながら、捜査資料を二人に差し出す。

そこに添付されている魔力紋測定装置と自分が持っている現場の魔力紋測定装置を照合した二人は思わず顔を見合わせた。

「間違いない……コイツだ」

「やりましたな殿下」

決定的な証拠を押さえ、犯人を逮捕できることに喜色を浮かべるウィラーに対し、アウグストはまだ難しい顔をしたままだ。

「殿下？」

「これで実行犯は分かった。問題はこのあとだ」

「！　それは……」

ウィラーは、それだけでアウグストの真意を把握した。

「とりあえず、この男の所に向かおう」

「は！　かしこまりました。おい！　手の空いている捜査員は全員一緒に来い！　絶対に逃がしたり自害させたりするなよ‼」

『はい‼』

ウィラーの言葉を受けた捜査員を引き連れ、アウグストは捜査本部をあとにした。

向かう先は……。

魔法師団である。

「失礼する」

王城内にある魔法師団詰め所に到着したアウグストは、まずは自分とウィラーだけで向かうので捜査員はこの場で待機するように命じた。

大勢で詰め掛け、犯人が逃亡してしまっては元も子もないからだ。

なので、まずは警戒心を抱かせないように少人数で訪れたのだ。

目立たないようにと少人数で来たのだが、そこは王太子であるアウグストである。

すぐに魔法師団長であるルーパー＝オルグランがやってきてアウグストに話しかけた。

「これは殿下、よくおいで下さいました」

普段のチャラい様子はおくびにも出さず、オルグランが恭《うやうや》しくアウグストの前に跪《ひざまず》く。

その様子を見たアウグストは、ことが大きくなり過ぎないように注意しながらオルグランに相対した。

「うむ。実はオルグランに聞きたいことがあってな。すまんが耳を貸してくれ」

「はい。なんでございましょうか？」

オルグランはそう言うと、立ち上がってアウグストの側まで近寄って行った。

近くに来たオルグランにアウグストも近寄り、そっと耳打ちをした。

「……例の、エリー襲撃犯を特定した」

「なっ⁉」

アウグストの言葉に、オルグランは一瞬言葉を詰まらせた。

犯人を特定したうえでここに来たということは、アウグストは魔法師団の中に犯人がいると言っている。

しかし、目撃証言は乏《とぼ》しく、実際の被害者であるエリザベートや護衛、侍女に至るまで迫ってくる魔法に意識を奪われ、まともに犯人の顔を見ていない。

なのにどうやって犯人を特定したのか？

その疑問が顔に出ていたのだろう、アウグストはオルグランの疑問を解消するために、魔力紋測定装置のことを説明した。

「‼　そ、そんな装置が……」

「ああ。そしてここ数日、魔力の確認ということで検査をしただろう？」

「あ、はあ。それなら私も受けましたが……」

「騙すような真似をして申し訳ないと思うが、その際に個別の魔力紋を測定させてもらった」

「……と、いうことは」

ここまで言えばオルグランにも分かった。

「ああ。現場で採取された魔力紋と魔法師団の団員の魔力紋が完全に一致した」

「‼」

アウグストの言葉に、オルグランは驚きで言葉も出ない。

まさか自分の部下に王太子妃暗殺未遂犯がいるとは思いもしなかった。

その事実を驚きつつも受け入れたオルグランは、アウグストの前に再び跪いた。

「申し訳ございません。全ては私の監督不行き届きです。いかような罰も受け入れる所存でございます」

悲愴《ひそう》な面持《おもも》ちでそう言うオルグランに、アウグストは表情を崩さずに言った。

「それは、逮捕した犯人の供述次第だな。今はまだなにも言えん。それより、このダニエル＝フライトという団員は今どこにいる？」

「は！　少々お待ちください」

オルグランはそう言うと、急いで事務室内に駆け込んだ。

魔法師団はかなり大きな組織である。

そのトップが末端の団員の動向まで把握しているはずもなく、事務室に本日の勤怠表を確認しに行ったのだ。

程なくしてオルグランが戻ってくると、勤怠表を見ながら答えた。

「フライトは、本日魔法師団詰め所にて待機となっております。恐らく控室にいるかと」

「そうか。ではオルグラン、案内を頼む」

「かしこまりました！」

オルグランはそう言うと、アウグストを案内して魔法師団詰め所内を歩き始めた。

魔法師団詰め所内を、団長であるオルグランがアウグストを先導していくことに驚いた団員たちが廊下の端《はし》に寄りながら敬礼しているのを横目に、アウグストはどんどん控え室に向かって歩を進める。

　そして数分後、オルグランはある一室の前で止まった。

「ここか？」

「はい、左様でございます」

　オルグランはそう言うと、扉の前から一歩下がった。

　代わりに前に出てきたアウグストは、控え室の扉をノックし中に入って行った。

「待機任務中にすまない。どうか楽にしてくれ」

　アウグストの姿を見た団員たちが慌てて跪く光景を見て、礼を解くように促した。

　そうして全員が顔を上げると、アウグストは一番近くにいた女性団員に声をかけた。

「すまないが、ダニエル＝フライトという団員はどれだ？」

「はぇ⁉　ダ、ダニエル、ですか⁉」

　アウグストが女性団員に声をかけたのは、犯人は捜査資料から男であることが確認されているため。

　間違って本人に声をかけないように女性団員に声をかけたのだ。

「あ、あの、あの人です」

　声をかけられた女性団員は、盛大にテンパりながらもダニエルのことを視線と指さしで教えてくれた。

指をさされた団員は、一瞬ビクッとしたあと、全速力で逃げ出した。

「逃がすな!!」

その様子を見たウィラーの号令で、捜査員が一斉に控え室内になだれ込んでくる。

だが逃亡しようとしたダニエルは、その後放たれた電撃により呆気《あっけ》なく行動不能とされてしまい、あっという間に捕縛された。

電撃を放ったのはアウグストで、その場にいた魔法師団員たちは、魔法が発動する直前まで魔力すら感じておらず、あの一瞬で難しいとされる電撃魔法を使ったことに驚愕していた。

勢い込んで突入したのに、自分たちの活躍の場がなかった捜査員たちは、しばし呆然としたあとアウグストの顔を見てすぐに顔を引き締めた。

最初は「俺ら、要《い》らなくね？」と思っていた捜査員たちであったが、アウグストの雰囲気があまりに怖くて誰も文句を言う者はいなかった。

「よし、捕縛したな。念の為口も塞いでおけ」

「はっ！」

アウグストの言葉を受け、ダニエルに猿轡《さるぐつわ》をかませる捜査員たちは、それが完了するとダニエルを無理矢理に立たせアウグストの前に引きずり出した。

未だに身体が痺《しび》れて動けないダニエルを見て、アウグストは激高するでもなく冷徹《れいてつ》な雰囲気のまま耳元に口を寄せた。

「洗《あら》い浚《ざら》い吐いてもらうぞ。お前の背後にいる人間も含めて……な？」

アウグストがそう言うと、ダニエルは一瞬大きく目を見開いたあと、ガックリと項垂《うなだ》れた。

「皆、騒がせてすまなかったな。我々の用事は済んだ。業務に戻ってくれ」

アウグストはそう言うと、ダニエルを連れて控え室を出た。

アウグストが出て行ったあと、控え室に残された団員たちは、先ほどの捕り物に関して周囲の人間と話し始めた。

「な、なあ。なんでダニエルの奴連れて行かれたんだ？」

「それも、アウグスト殿下直々に……」

「アイツ、なにやらかしたんだろう？」

「それよりも、殿下の魔法見たか？」

「ああ、見た。俺にはいつ魔力を集めたのかすら感じられなかった」

「俺もだ……」

「まあ、ダニエルの身体を痺れさせる程度の電撃だったから、低出力で放ったんだろうけど……」

「あれが、アルティメット・マジシャンズの魔法使いか……」

最初は、捕縛されたダニエルのことが話題に上がっていたが、ここは魔法使いが集まる魔法師団。

次第に話題はアウグストの使った魔法についてに移行していき、ダニエル捕縛の件は印象が薄くなっていった。

期せずして現場が混乱することを避けられたのは、アウグストにとっても好都合な出来事であった。

そして、ダニエルを尋問室《じんもんしつ》に連れ込んだアウグストは、ダニエルの身体の痺れが取れるまで対面に座り、ジッと彼を見つめていた。

身体が痺れて動けないとはいえ意識はあるダニエルは、その無言のプレッシャーに押し潰されそうになっていた。

やがて時間が経ち、ダニエルの身体の痺れが消えたころ、おもむろにアウグストは口を開いた。

「さて、何故お前が捕縛されたのか、理由は分かっているな？」

低く、底冷えするようなアウグストの言葉に、ダニエルは心底身震いするが、ここで肯定してしまったら自分の命はない。

なので、彼は白を切りとおすことにした。

「な、なんのことか分かりません。なぜ、私はこのような扱いを受けているのでしょうか？」

その言葉を聞いたアウグストから殺気が発せられた。

物理的に感じられそうなそれに、ダニエルは気を失いそうになる。

「殿下」

「分かっている」

ウィラーが短くアウグストを呼ぶと、すぐにその殺気は霧散した。

どうにか意識を保ったダニエルだったが、すぐ目の前にある物が差し出された。

それが、今回の魔力調査の際に使われた器具であったのはすぐに分かった。

だが、それが今この場で出される意味が分からない。

ダニエルは怪訝《けげん》な表情になっていたのであろう、アウグストがそれについて詳しく話し始めた。

「これはな、魔力を個人識別する魔道具だ」

「え？」

アウグストの口から発せられた言葉を、ダニエルはすぐに理解できない。

というのも、市民証が魔力の個人識別をしていることは有名だが、その技術は複雑過ぎて解明すらされていないはずだった。

それが、今こうして実用化され自分の目の前にある。

そのことが信じられなかった。

「信じられないという顔をしているが事実だ。既に実証実験も終わり、間もなく実戦投入される予定のものだ」

「はあ」

それでも、ダニエルはそれをどうして今この場で出したのかが分からなかった。

すると、アウグストの説明はまだ続いていた。

「実はな、この魔道具を開発した奴が興味本位で別のことも調べてな」

「別のこと……ですか？」

「ああ。なんだと思う？」

アウグストの問いに、ダニエルは答えられない。

「さあ……私には分かりかねます」

その返答を聞いて、アウグストは差し出した測定装置を手に取り、ヒラヒラとダニエルの前で振りながら言った。

「この魔道具はな、個人の魔力を識別するだけでなく、魔法を使ったあとの残存魔力も調べることができるんだ」

その言葉を聞いた瞬間、ダニエルの背筋が凍り付いた。

魔法を使ったあとの残存魔力を調べられる。

ということは……。

「これはな、エリーが襲撃されたあと、すぐにその場で採取した残存魔力だ」

測定装置を見せながら、アウグストは言う。

「このように、バッチリ魔力紋が記されている。そして……」

そう言いながらアウグストは、もう一つの測定装置を手に取った。

ここまで来ればダニエルにも分かる。

その二つは……。

「完全に一致した」

全く同じ魔力紋が記された測定装置を見て、ダニエルはもう言い逃れができないのだと悟《さと》った。

完全に証拠が揃ってしまっている。

ここから先、どう言《い》い繕《つくろ》ったところで物理的証拠を提示されてしまっては、それはもはやただの言い訳に過ぎない。

そのことを悟り絶望したダニエルは、俯《うつむ》き、膝の上で拳を固く握った。

そして、その拳の上にポタポタと水滴が落ちる。

その様子を見ていたアウグストは、一度大きく息を吐き、ダニエルに問いかけた。

「なぜ、このような大それたことをした？　エリーを害そうとする理由はなんだ？」

その問いに、ダニエルは答えない。

いや、答えられないのかと察したアウグストは、質問を変えることにした。

「……誰に頼まれた？」

その言葉に、ダニエルはハッとして顔を上げアウグストを見た。

そして、さっきよりも多い涙を溢《あふ》れさせながら、尋問室の机に額《ひたい》を擦り付けて謝罪をし始めた。

「も、申し訳っ、ございませんっ！　申し訳ございません!!」

嗚咽交じりにそう叫ぶダニエルに、アウグストは憐れむような視線を向ける。

だが、ここで欲しいのは謝罪ではない。

なのでアウグストはもう一度訊ねた。

「もう一度聞く。誰に頼まれた？」

そう訊ねられたダニエルだが、一向に口を割ろうとしない。

先ほどのダニエルの反応から、これがダニエルによる単独の犯行ではなく、誰かに依頼されたものであることは明白である。

王太子妃暗殺未遂は大事件だ。

犯人なら死罪は免れない。

なら、自分一人の単独犯ではなく、自分に依頼してきた人物がいると証言した方が少しでも罪が軽くなると考えるのが普通である。

なのに、言わない。

その理由に、アウグストは思い至った。

「……人質を取られているのか？」

その言葉を聞いたダニエルは、またボロボロと涙を溢し始めた。

「ウィラー、エリー襲撃犯が逮捕されたという報《しら》せはすぐには広めるな。コイツが逮捕されたことを依頼者が知ったら人質が始末されるかもしれん」

「はっ！　かしこまりました」

ウィラーはそう言うと、近くにいた警備局員に声をかけ、逮捕に関わった人員に箝口《かんこう》令《れい》を敷くように命じた。

その命令を見届けたアウグストは、改めてダニエルに向き合った。

「さて、これでお前の依頼者にバレることはなくなった。話してもらおうか」

アウグストの言葉を受けて、ようやくダニエルはその重い口を開いた。

ダニエルから聞いた名前に聞き覚えのなかったアウグストは、ウィラーに調査を命じ、ダニエルはしばらく警備局の独房に入れられることになった。

ダニエルの証言によると、人質となっているのはダニエルの実家の両親で、拘束されているわけではないが、常に自宅は依頼者の手の者により監視されており、ダニエルが裏切るようなことがあればすぐに襲撃される手筈《てはず》になっているとのことだった。

身柄が拘束されていないならばと、ウィラーはすぐさまダニエルの実家に赴き、両親を保護。

それを見ていた見張りの者はダニエルが裏切ったと判断し、すぐに報告するためにその場を離れた。

だが、強硬策に出れば相手にバレることは明白であるのに、なぜウィラーは人質である両親を見張りたちの目の前で保護したのか。

それは、見張りたちの目の前でダニエルの両親を保護したとなれば、見張りたちは主犯のもとへ報告をしに行くと考えたからだ。

つまり、見張りの見張りである。

ウィラーの目論見通り、見張りたちは動き出し主犯のもとへ辿り着いた。

見張りたちが拠点としている建物に入ったのを確認した捜査員たちは、一斉に動き出した。

「警備局だ！　大人しくしろ‼」

突然なだれ込んできた捜査員たちに、見張りたちは驚愕した。

「なっ⁉　警備局だと⁉」

まったく想定していなかった事態に見張りたちは狼狽《うろた》え、部屋の奥へと逃げ込もうとドアを開けた。

「え？」

そして、その場で立ち尽くしてしまった。

当然、捜査員たちはその隙を逃したりしない。

「確保ぉっ!!」

「ぐあっ！」

ドアの前で棒立ちになった見張りたちに、捜査員たちが一気に殺到し、あっという間に見張りたちは縛に就いた。

「く、くそっ！」

縄で厳重に縛られながら、見張りの男は悪態をつく。

そんな見張りの男を見て、捜査員は先ほどの態度について尋問した。

「おい。さっきはなぜこの部屋の入り口で立ち止まったんだ？　この部屋になにかあるのか？」

そう言って捜査員は見張りの男が入ろうとした部屋を見るが、そこには特別驚くようなものはなにもなく、人っ子一人いない。

それを確認した際、捜査員は血の気が引いた。

誰もいない。

ここは、ダニエルを脅していた者の拠点だったはず。

当然ここには主犯がいるものと思っていたのだが、それが見当たらない。

見張りが呆然としたのはこれか！

そう思い至った捜査員は、縛られている見張りの男の胸倉を摑んだ。

「おい！　お前たちのボスはどこにいる⁉」

「し、知らねえよ！　あの野郎、俺たちを捨て駒にして逃げやがった‼」

その言葉を聞いた捜査員は、すぐにその場を離れ部隊用に貸与《たいよ》されている無線通信機を取り出した。

「局長、こちら拠点強襲班です。ダニエルの両親は保護、見張りたちは拠点にて確保しました。ですが……」

『どうした？』

「黒幕がいません！　どうやら異変を察知し、見張りたちを捨て駒に逃げたようです」

『なんだと⁉』

「すみません！　我々の失態です！」

『……』

無線通信機の向こうで、ウィラーは暫《しばら》く黙り込んだあと口を開いた。

『向こうの方が一枚上手だったという訳か。しょうがない、拠点は制圧したんだろう？』

「はい」

『ならば、その拠点を隅々まで捜索《そうさく》しろ。何一つ見落とすなよ』

「かしこまりました！」

そう言って無線通信機を切ると、捜査員は見張りの男のもとに戻ってきた。

「おい。知っていることを洗いざらい話してもらうぞ？　少しでも虚偽の申告をしようものなら……分かっているな？」

本命を逮捕できず、いら立っている捜査員の発した低い声に見張りの男は震え上がり、コクコクと何度も頷いた。

「それから、この拠点の家宅捜索だ！　異空間収納が使える魔法使いを呼んで来い！　根こそぎ持って帰るぞ！」

『はっ！』

こうして、人質となっていたダニエルの両親は無事保護され、犯人の拠点も制圧。

多数の証拠を押収し、捜査員たちは捜査本部に戻った。

そして、家宅捜索という名のもとに根こそぎ持って帰ってきた拠点からの押収品を、捜査員を総動員して精査し始めた。

そしてその結果、更なる黒幕がいることが判明した。

ウィラーから捜査報告書を受け取ったアウグストは、その内容を見て思わず目を見開いたあと顔を顰めた。

「まさか……まだ諦めていなかったのか……」

報告書に記載されている主犯者の名前を見たとき、アウグストは人間の執念深さを見誤っていたことを悔《く》やんだ。

つい先日、シンとの会話でこの話題になったとき、自分はなんと答えたか？

『どうということはないさ』

そんなことを言っていた。

自信満々にそう言っておいてこの有り様《さま》である。

報告書を机に置いたアウグストは、情けなさのあまり額に手を当て、深い溜め息を吐いた。

そこに、ウィラーが声をかけた。

「殿下。すでに裏付け捜査も完了しており、証拠もそろっております。捜査員の手配は整っておりますので、すぐにでも捕縛に向かえます」

ウィラーの言葉を受けて、アウグストは顔を上げた。

「今ここで自分の不甲斐なさを嘆いていても仕方がない。すぐに行くぞ」

ウィラーにそう命じると、捜査員はすぐにアウグストの執務室に集まった。

「ここから、主犯のいる街までゲートで送る。捜査員はすぐに犯人のもとへ行き身柄を押さえろ。決して自害させるな！」

『はっ！』

捜査員たちの返事を受けたアウグストは、すぐにゲートを開いた。

向かう先は『ドーヴィル伯爵領』である。

アルティメット・マジシャンズとして活動しているアウグストは、アールスハイド王国内にある主だった街にはゲートで行けるようにしてあり、ドーヴィル伯爵領の人間からも依頼を受けているのですぐに行くことができたのだった。

大勢の捜査員が街中を疾走し、一路領主館を目指す。

皆、警備局の制服を着ており、尚且《なおか》つ捕縛に向いた体格の良い捜査員ばかりを選んでいるため、ドーヴィルの街の住民はその迫力に驚き進んで道を空けた。

その結果、領主館までは非常にスムーズに辿り着くことができた。

領主館まで辿り着くと、大勢の体格の良い捜査員たちを目にした門番は驚きを隠せなかった。

「なっ、警備局の捜査員が大勢で、何用ですか⁉」

今まで想定もしたことがなかった事態に、門番は狼狽えつつも訪問の理由を訊ねる。

するとウィラーが書類を手に一歩前に踏み出した。

「私は警備局局長デニス＝ウィラーである。この館の主ドーヴィル伯爵に逮捕令状が出ている。至急通されよ！」

「た、逮捕令状⁉」

警備局局長が直々に逮捕令状を持って現れる。

そのあまりに信じ難い出来事に、これは相当な事態だと思った門番だったが、門番は貴族の私兵。

雇《やと》い主《ぬし》は国ではなくここの伯爵なので、門番は一応の抵抗を試みた。

「い、いくら逮捕令状があるとはいえ、ここは伯爵様のお屋敷です。いきなり来てすぐ通すわけには……」

門番がそう言うと、捜査員たちの気配が剣呑《けんのん》なものになった。

今にも飛び掛かりそうである。

一体なんなんだと思いつつも、門番が捜査員たちと睨み合っていると、その中から一人警備局の制服を着ていない人物が歩み出た。

「私はアールスハイド王国王太子、アウグスト＝フォン＝アールスハイドだ。二度は言わん、すぐに門を開けろ」

「お、王太子殿下⁉」

警備局局長の次は王太子の登場である。

なにがなにやら分からないが、王太子と名乗った人物には見覚えがある。

王太子アウグストで間違いない。

そう判断した門番は、先程の言を翻し門を解放した。

「ど、どうぞ……」

「行くぞ！」

ウィラーが号令をかけると、捜査員たちは一斉にドーヴィル伯爵邸の敷地内になだれ込んだ。

そして、屋敷の扉を乱暴に開け放つとドカドカと邸内に侵入していく。

それに驚いたのは使用人たちだ。

「な、なんですかあなたたちは⁉　ここをドーヴィル伯爵様のお屋敷と知っての狼藉ですか⁉」

使用人たちが騒然とする中で、年嵩《としかさ》の執事がウィラーたちの前に立ちはだかった。

「私は警備局局長デニス＝ウィラーである。ドーヴィル伯爵に逮捕状が出ている。これは裁判所、及びディセウム国王陛下の承認がなされたものである。即刻ドーヴィル伯爵のもとに案内されよ！」

「こ、国王陛下の⁉」

ウィラーが提示した逮捕状を見た執事は、そこに国王の承認印が押されていることを確認して大きく動揺した。

それもそのはずで、通常逮捕状や家宅捜索令状などは裁判所から発行されるが、それに国王の承認印など押されることはない。

今回は、王太子妃殺害未遂事件であることと、犯人が伯爵という貴族でも地位のある爵位の持ち主であったため、捜査の妨害ができないよう国王権限を発令するためにディセウム自ら捜査の承認をしたのである。

しかし、今まで前例のない事態に執事は到底信じることができなかった。

「こ、こんな逮捕状ごときに国王陛下の承認印など……いかに警備局局長といえど、陛下の承認印の偽造は大罪ですぞ！」

そう逮捕状と国王の承認印の偽造を主張するが、その意見はすぐさま抑えられた。

「偽造などではない。私が直々に依頼したことだからな」

アウグストがウィラーに並び立つと、執事は大きく目を見開いた。

「お、王太子殿下……」

「これでこの逮捕状が偽造でないことが分かったか？　分かったならすぐさまドーヴィル伯爵のもとに案内しろ」

アウグストの言葉は静かだったが、捜査の邪魔をされたことに対する怒りが漏れており、執事は恐怖に震えおとなしく伯爵の執務室へと案内した。

執務室に辿り着いた一行だったが、すぐには室内に入らなかった。

中から声が漏れてきていたためである。

『どういうことですのお父様!!　あの女狐はまだピンピンしているそうではありませんか!!』

『むぅ、あの役立たずめ、失敗しおったらしい』

『これでは、益々《ますます》あの女狐エリザベートの周辺警護が厳しくなるではないですか!!　お父様、もうこうなっては別の人間を自爆させるしかありませんわ!!』

『そうだな……次の人選を進めるか……』

そこまで聞いたところで、ウィラーによって行動を止められていた執事が執務室の扉をノックした。

『なんだ？』

「旦那様《だんなさま》、お客様がいらしています」

『客？　今日は来客の予定などなかったはずだが……ああ、あの商人か。いいぞ、通せ』

ドーヴィル伯爵の了承を受けて、執事は執務室の扉を開いた。

扉が開いたことを確認したドーヴィル伯爵は、入ってくるであろう人物に向けて言葉を放つ。

「貴様、よくもあのような役立たずを宛《あ》てがって……」

そこまで言って視線を上げたドーヴィル伯爵は、入ってきた人物が件《くだん》の商人でないことにようやく気が付いた。

「だ、誰だ⁉」

「警備局局長デニス＝ウィラーと申します」

警備局と聞いた瞬間、ドーヴィル伯爵の心臓は飛び跳ねた。

なぜ警備局の、しかも局長がこんなところにいる？

まさか、この件が露見《ろけん》したのか？

いや、しかし、実行犯の家族を人質に取っていると聞いているし、そもそも魔法による犯罪は証拠が残らない。

決定的な目撃情報が残らないように細心の注意を払っているとも聞いているし、バレる恐れはないはずだ。

そこまで考えたドーヴィル伯爵は、恐らく別件で来ているのだろうと判断し、内心の焦りを面《おもて》に出さないように努めつつウィラーに対応した。

「それはそれは、警備局の局長がわざわざ出向くとは、一体どのような大事件が起こったのでしょうか？」

白々しくそう言うドーヴィル伯爵に、ウィラーは内心の怒りを抑えつつ切り返す。

「おや？　このような一国を揺るがす大事件を伯爵はご存じないと？」

「はて？　私に事情を聴きに来るような大事件などありましたかな？」

あくまで白を切り通すつもりの伯爵だったが、ウィラーの次の言葉で凍り付いた。

「王太子妃エリザベート殿下の暗殺未遂事件ですよ」

「なっ⁉」

断言したウィラーの顔を見て、自分がこの件に関与していることを確信していると判断した伯爵は、どう言い逃れをするか必死に考えた。

だが……。

「まあっ！　アウグスト殿下ではございませんか！　ああ、やはり私を迎えに来て下さったのですね！」

娘のナタリーが、ウィラーの後ろにいたアウグストに気付き話しかけてしまったのだ。

「ナタリー‼」

慌てて娘の名を呼ぶドーヴィル伯爵だったが、ナタリーはアウグストに会えた高揚感《こうようかん》で父の焦りなど全く気付いていない。

「なんですかお父様⁉　ようやくアウグスト殿下があのめぎ……エリザベート様から私に乗り換えて下さろうとしているのですよ！　邪魔をしないで下さいまし‼」

ナタリーのあまりの剣幕に、ドーヴィル伯爵は一瞬怯《ひる》んでしまった。

それが、ドーヴィル伯爵の決定的な失敗だった。

「ほう。どうして私がお前を迎えにきたと思ったのだ？」

そのアウグストの質問に、ナタリーは一瞬キョトンとしたあと、コロコロと笑いながら答えた。

「だって、エリザベート様が襲撃されてすぐに私のところに来たということは、エリザベート様はご無事でもお腹の子は流れてしまったのでしょう？　そうなれば次の王太子妃は私以外に考えられないではないですか」

ナタリーは満面の笑みでそう告げるが、アウグストの反応は冷ややかなものだった。

「お前が王太子妃？　冗談も大概《たいがい》にしろ」

「で、殿下？」

驚くナタリーだったが、アウグストが自分を見る目が、あまりにも冷たいことにようやく気が付いた。

「な、なぜ……」

「なぜ、だと？　お前はなにか勘違いをしているようだな」

「勘違い？」

「ああ、エリーは健在でお腹の子も無事だ。なぜそのような勘違いをしたのかな？」

冷酷な表情でそう言われたナタリーは、大きく動揺し、しどろもどろになりながら説明した。

「それは、め……エリザベート様は賊の襲撃を受けて、お亡くなりにならなくても大怪我を負っているだろうと……なら、お腹の子も無事では済まないだろうって……」

「ほう？　なぜそんな勘違いをしたのだ？　エリーは無傷でお腹の子も大事ない」

アウグストがそう言うと、ナタリーは思わず、といった感じで叫んでしまった。

「そんな！　嘘です!!　あの商人は間違いなく深手を負わせたと……」

「ナタリー!!」

ドーヴィル伯爵が慌ててナタリーの言を遮ろうとするが、時すでに遅し。

「ウィラー！　ドーヴィル伯爵令嬢が自白したぞ!!」

「はっ！」

アウグストの発言を受けて、ウィラーはドーヴィル伯爵に逮捕状を見せた。

「ドーヴィル伯爵！　並びにドーヴィル伯爵令嬢ナタリー！　王太子妃エリザベート様暗殺未遂の容疑で逮捕する!!」

ウィラーの号令を受けて、待機していた捜査員たちが一斉にドーヴィル伯爵とナタリーを取り押さえる。

この世界では、女性の容疑者を捕まえるのに女性捜査員でないとセクハラになるというような概念はない。

伯爵令嬢として権力はあっても体力的には非力なナタリーは、あっという間に捜査員たちに取り押さえられた。

「きゃあっ‼」

「ぐあっ！　は、離せ‼　これはなにかの間違いだ‼」

それは成人男性であるドーヴィル伯爵とて同じことだった。

普段執務室に籠もり切りで執務をしている伯爵と、日々犯罪者と向かい合うため身体を鍛えている警備局の捜査員では勝負にならない。

伯爵親子は、揃って捜査員に取り押さえられた。

「いやっ！　放しなさい‼　私を誰だと思っていますの⁉　お父様‼　助けてくださいお父様‼」

「ナタリー！　くそっ！　放せ‼　一体なにを根拠にこんな横暴をされるのですか⁉」

捜査員に取り押さえられながら、ドーヴィル伯爵は必死にそう叫んだ。

「何を根拠に？　たった今、ドーヴィル伯爵令嬢が自白したではないか」

そう言うアウグストに、ドーヴィル伯爵は「しめた！」と思った。

「お言葉ですが殿下、娘はそのようなことは申しておりません」

そう言い放つドーヴィル伯爵に、アウグストは冷徹な目を向けた。

「ほう？　では、先ほどの言はなんだったのだ？　深手を負わせたと聞いたと聞こえたのだが？」

「恐らく、商人からエリザベート妃殿下の容体の推測を聞かされたのでしょう。深手を負ったのでは？　と聞き間違えたのではありませんか？」

ドーヴィル伯爵は、勝ったと思った。

今のナタリーの失言は、あくまでも言葉。

書面とは違って言葉は聞き間違えることもある。

そんなことは言っていない、聞き間違いだと主張すれば、それを覆すのは難しい。

今まで散々、言った言わないの議論を貴族社会や商人相手にしてきたのだ。

これでいけるはず。

そう確信していた。

だが……。

「……くくっ」

「で、殿下？」

突如声を噛み殺すように笑い出したアウグストを、ドーヴィル伯爵は怪訝そうな顔で見る。

そして、背筋が凍り付いた。

その顔は、後にウィラーをして「一国の王太子がしていい表情ではなかった」と言わしめるほど邪悪なものだったからである。

これには、ドーヴィル伯爵だけでなくアウグストを慕《した》っていたはずのナタリーまで戦慄した。

そんな表情をしながら、アウグストは呟いた。

「聞き間違い……聞き間違いねえ」

「え、ええ。左様です。ですから……」

「なあ、ドーヴィル伯爵」

「え、は」

「これが、なんだか分かるか？」

アウグストはそう言いながら、ドーヴィル伯爵の目の前に、ある魔道具を差し出した。

「……なんでございましょうか？　全く分かりませんが……」

「これはな、シンが作った魔道具なのだが……」

そのアウグストの言葉に、ドーヴィル伯爵もナタリーもドキリとした。

魔王。

神の御使い。

およそ同じ人類とは思えないほど強大な魔法を行使し、今まで誰も思い付かず、また思い付いても作れなかった魔道具を作る、現状ですでに伝説になりつつある英雄。

そんな人物が作った魔道具が目の前にある。

今まで見たこともないこの魔道具は、どのような効果のあるものなのか。

分からないからこそ、余計に二人の不安を煽《あお》った。

そんな二人をよそに、アウグストはその魔道具を見ながら話し始めた。

「シンがこれを作った当初は、また規格外なものをと呆れたものだが……まさかこのような事態で役に立つとはな」

そう言いながら、アウグストは魔道具に付いているスイッチを押した。

『そんな！　嘘です!!　あの商人は間違いなく深手を負わせたと……』

『ナタリー!!』

「なっ⁉」

突如聞こえてきたその声に、ドーヴィル伯爵は唖然《あぜん》とした。

アウグストが持っている魔道具から聞こえてきたのは、間違いなく先ほどナタリーが発言した言葉そのものだった。

まさか……まさかこの魔道具は『音』を記録する魔道具なのか？

そうなると話は根本的に違ってくる。

今まで『発言』は形に残らないので言い逃れができると思っていた。

ところがアウグストが提示した証拠は、その『発言』そのもの。

ドーヴィル伯爵がどう言い逃れようかと必死に頭を巡らせている間にも、アウグストは何度もその発言を再生させる。

その都度《つど》聞こえてくるのは、間違いなくナタリーの声で『商人から深手を負わせたと聞いた』としか聞きようのない発言だった。

もう、ここまでか……。

ドーヴィル伯爵がそう思ったときだった。

「殿下、嘘を吐かないでください！　私の声はこんな声ではありませんわ！」

ナタリーがそう叫んだ瞬間、ドーヴィル伯爵の脳裏に打開策が閃《ひらめ》いた。

「そ、そうです殿下！　いくらなんでも証拠の捏造《ねつぞう》は看過できません‼」

そう、これは捏造された証拠だ。

そういうことにしてしまえば、まだ言い逃れができる。

そう思ったのだが……。

「ふむ。やはり自分の声に違和感を覚えるか」

「『え？』」

ドーヴィル伯爵親子は二人揃って首を傾げた。

「では、もう一つ。こちらも聞いてもらえるか？」

アウグストはそう言うと、もう一つの録音機をウィラーから受け取り再生した。

『どういうことですのお父様!!　あの女狐はまだピンピンしているそうではありませんか!!』

『むぅ、あの役立たずめ、失敗しおったらしい』

『これでは、益々あの女狐エリザベートの周辺警護が厳しくなるではないですか!!　お父様、もうこうなっては別の人間を自爆させるしかありませんわ!!』

『そうだな……次の人選を進めるか……』

「え？　お父様の声と、誰？」

「え？　私？」

「え？」

ポツリと呟いたナタリーの声に、ドーヴィル伯爵は思わず聞き返し否定の声をあげた。

「わ、私はこんな声ではない！」

「なにを言っているのお父様？　お父様の声じゃない。それより、お父様と話をしている女は誰？」

「お前じゃないか！」

「嘘よ！　私はこんな声ではありませんわ！」

「これで分かったか？」

言い合う二人を見ていたアウグストは、理解したか？　と二人に問い質した。

「ど、どういうことでしょうか？」

「これはシンが言っていたのだがな、自分が聞いている自分の声と、他人が聞いている自分の声は違うように聞こえるのだそうだ」

「え？　は？」

「えっと？」

「私も最初、録音された自分の声を聞いたときは驚いたぞ。まるで別人の声なのに、周りは皆私の声だという。そして、それは私だけではない。そのとき実験した全員が同じことを言ったのだ。もう、どういうことか分かるな？」

「つ、つまり……これは紛れもなく私の声だと……」

「そ、そんな……」

「まあ、お前たち二人だけの会話でも十分な証拠にはなるのだが、言い逃れをする可能性もあったからな。だが、これでもう言い逃れはできまい」

アウグストの言葉に、ドーヴィル伯爵はガックリと項垂れ、ナタリーはオロオロと拘束されたまま周囲を見渡した。

「え？　え？　で、では、私はアウグスト様の妻には……」

この期《ご》に及んでまだそんなことを言うナタリーに、アウグストは呆れた顔をした。

「王太子妃殺害未遂の首謀者《しゅぼうしゃ》がそんな地位に就けるわけがないだろう。もっとも、エリーに万が一のことがあろうと貴様を選ぶことだけはないと断言しておく」

アウグストはそう言うと、ウィラーに「連れて行け」と命じて執務室から出て行った。

無慈悲《むじひ》な一言を受けたナタリーは、出て行くアウグストに縋《すが》るように叫んだ。

「いやあっ‼　アウグスト様！　なぜ⁉　なぜ私を選んでくださらないのですか⁉　アウグスト様ぁっ‼」

執務室から出て行っても聞こえてくるナタリーの叫び声を聞いて、アウグストは深い溜め息を吐いた。

「お前のような女に、誰が惚れるというのだ……」

アウグストの横でその呟きを聞いた捜査員は、同意するように深く頷いていた。

◆

エリー襲撃事件から数日後、ようやくオーグがアルティメット・マジシャンズの事務所に顔を出した。

「お、久しぶり。事件は解決したか？」

俺がそう言うと、オーグは若干《じゃっかん》疲れた顔をしながらもハッキリと頷いた。

「ああ、実行犯と首謀者は逮捕した」

「おお！　良かった！」

あれからまだ数日しか経ってないのに、もう犯人を逮捕したのか。

とはいえ、王太子妃殺害未遂事件だ。

アールスハイド王国の総力をあげて捜査していたはずだから、動員人員も相当な人数だったんだろうな。

そりゃ早期解決もするか。

「にしても、随分とお疲れじゃね？　犯人が捕まったんなら一安心だろ？」

俺がそう言うと、オーグはゆるゆると首を振った。

「それがそういうわけにもいかんのだ」

「どういうこと？」

もしかして、犯人の処遇に悩んでるとか？

というか、仮にも王太子妃を殺害しようとしたんだから、さすがに死罪一択じゃないの？

そう思ったのだが、どうもそうではないようだ。

オーグは俺の肩を摑むと、事務所の隅の方へと連れて行った。

「実行犯と首謀者は捕まえたと言っただろう？」

「ああ。え？　それが全てじゃねえの？」

違うの？

「それがな、その首謀者と実行犯の間に仲介者《ちゅうかいしゃ》がいるのだが……これの行方《ゆくえ》が摑めんのだ」

「え？」

仲介者？

つまり、首謀者の依頼を受けて実行犯を選んだ人間がいるってことか。

「でも、なんで頭と末端が捕まってるのに、間が捕まらないんだよ？」

普通、実行犯から順番に逮捕していくんじゃないの？

そう思ったのだが、どうもそこが上手くいかなかったらしい。

「仲介者の拠点は押さえたのだがな、その場にその仲介者はいなかったのだ。その拠点にあった物証から首謀者が割り出され逮捕することはできたのだが……」

そういうことか。

それにしても、仲介者は逃げて首謀者の物証は押さえられたってことは……。

「わざと置いていったのか……」

「なに？」

俺が漏らした呟きにオーグが反応した。

「わざと？　どういう意味だ？」

「ああ、いや。その仲介者は、首謀者の情報をわざと残していったんだろうなと思ったんだよ。そうすれば、捜査の目は首謀者に向くし、その間に逃げおおせることができるだろ？」

俺がそう言うと、オーグは考え込む仕草をした。

「そうか……つまり仲介者は首謀者をトカゲのしっぽ切りに利用したのか……」

「これじゃ、どっちが首謀者か分からんな……」

そこまで言ったとき、俺はあることを思い付いた。

「「ああっ!!」」

それはオーグも同じだったようで、同時に叫んでしまった。

事務所の隅でコソコソ話していたかと思うと、同時に叫び声をあげた俺たち二人に、カタリナさんが慌てて近寄ってきた。

「ど、どうされました？」

「あ、いや。すみません、なんでもないです」

「なんでもない。済まないな、いきなり大声をあげてしまって」

「あ、いえ。なんでもないならいいんですけど……」

カタリナさんは、慌てて言い繕う俺たちを釈然《しゃくぜん》としない顔をしながら見つつも離れていった。

カタリナさんが席に着き、アルマさんと話し始めたことを確認した俺たちは再度話を始めた。

さっきの答え合わせをするためだ。

「オーグ、お前、なにに気付いた？」

「……恐らく、お前と同じ結論だ」

そう言い合った俺たちは視線を合わせると同時に言った。

「『商人の方が首謀者』」

一字一句同じ答えだったことに苦笑しつつも、話を進める。

「多分、その仲介者と思われてる人物がその……犯人って誰なの？」

そういや、犯人たちが逮捕されたってのは聞いたけど、どこの誰かまでは聞いてなかった。

「首謀者と思われていたのはドーヴィルという伯爵だ。実行犯は魔法師団所属の団員だった」

「分かった。で、そのドーヴィル伯爵に話を持ち掛けた」

「そして、その提案を受け入れたドーヴィル伯爵があれこれと用意をしていたということか……」

「あれこれ？」

え？　エリー襲撃のための人員を用意しただけじゃないの？

「前に話しただろう？　少し懸念事項があると」

「……ああ、そういえば。捜査に専念するって連絡くれたときにそんなこと言ってたな」

エリー襲撃事件の印象が強すぎて完全に忘れてた。

「その懸念事項というのがな、エリーの毒見役がしょっちゅう風邪を引いて休むのだ」

「なに？　病弱なの？」

でも、王族に仕える人間なのに、病弱な人間なんて雇うのか？

そういうのって事前に調査するんじゃねえの？

そう思っていると、オーグは首を横に振った。

「妊婦に、それも王太子妃に仕えさせる人間だぞ？　雇用前に事前審査をしているに決まっている。だが、よく風邪を引くのだ。それも何人も」

「何人も？　え、もしかして風邪が流行ってたとか？」

妊婦のいるところでそれは危なくないか？

そう思ったのだが、それにもオーグは首を振った。

「メイドや護衛に風邪を引いた者はいないのだ。なぜか、決まって毒見のみ」

「……それって」

もしかして……。

「エリーの食す料理に毒が盛られた可能性があった。死に至るほどではなく、風邪に似た症状が出る弱毒性の毒物がな」

「‼」

弱毒性とはいえ、妊婦にとってはとんでもない代物《しろもの》だ。

タバコのニコチンはもとより、カテキンでさえできれば採らない方がいいと言われているんだ。

まして致死性がないとはいえ毒物なんて……。

「あ、もしかして。伯爵が用意していたあれこれって……」

「その風邪に似た症状を引き起こす毒物だ」

その毒物を購入していた証拠まで出てきたってことか。

「その調査もしていたのだが、如何《いかん》せん食事だろう？　すでに消費されているし、現物も残っていない。難航するかと思っていたのだが、思わぬところから証拠が出てな。その件も自白したよ」

ということは、そのドーヴィル伯爵はエリーの毒殺まで目論《もくろ》んでいたのか。

なんて奴だ。

「奴は悔《くや》しがっていたよ。何度も毒を盛ったのにエリーの様子に変わりがなくてな。毒の効かない体質なのかと逆に聞かれた」

「毒の効かない体質ってなんだよ……」

そんな特異体質、聞いたことねえよ。

「これもシンに貰った魔道具のお陰だな。まさか、あのペンダントに付与された毒の無効と障壁が両方発動するような事態になるとは夢にも思わなかったがな」

「まあなあ……」

あれは万が一のためを思って付与したのであって、まさか両方で狙われるとは俺だって思ってなかったよ。

「とにかくまあ、それで以前からの懸念事項についても解決し、胸を撫《な》で下《お》ろしていたところだったのだが……」

「ところで、その料理に毒を盛った犯人は分かってるのか？」

「いや……だが、一人怪しいと思われる人物はいる。エリー襲撃事件の前に退職した者が一人いる。突然、なんの前触れもなく辞職したそうだ。理由を聞いても一身上の都合としか言わなかったらしい」

「おい。メッチャ怪しいじゃん」

「だから、今懸命に捜索しているところだ」

「……見つかるかな？」

俺は、ある可能性を考えながらオーグに訊ねると、オーグも苦笑した。

「どうだろうな……何度も暗殺に失敗したと考えると、すでに消されている可能性もあるな」

「だろうなあ……」

王太子妃の料理に近付ける人物となると、それなりに長く勤めていた人に違いない。

つい最近雇った人間を、そんな所で働かせるなんて怖くてできない。

それこそ何年も真面目《まじめ》に頑張ってこないと、そんな仕事は任せられないだろうに……。

「……なんでそんなことをしたのかな？」

俺が思わずそう呟くと、オーグは眉を顰《ひそ》めた。

「恐らく金だろう。実行犯の魔法師団員は家族を人質に取られていたが、その退職した使用人はすでに両親は他界していて独り身。恋人もいなかったそうだ」

「ほんの少しの金で人生を棒に振ったのか……」

「もしかしたら、人生が終わっているかもしれんがな」

そうだとしたら、なんて悲しいことだろうか。

こんなことで得た金なんて、一生遊んで暮らせるような金額じゃあないだろうし、もし使うにしても使うたびに罪悪感に押し潰されそうになるはずだ。

よっぽど切羽詰《せっぱつ》まった状況だったのかもなあ。

「それにしても、そんな証拠まで出てきたのか。こりゃその仲介者が黒幕で間違いなさそうだな」

「そうだな。あそこまで証拠を残していたとなると、ドーヴィル伯爵に全ての罪を着せようとしていたとしか思えん」

「で、その仲介者については、なにか分かってるのか？」

「外国の商人ということまでは分かっているのだが……」

そういうオーグの言葉は、珍しく歯切れが悪かった。

「なんか問題でもあんのか？」

「ドーヴィル伯爵に、その商人がどこの国の出身なのか聞いたのだ。そうしたら、スイードの商人だと言った」

「へえ」

「しかしな……」

オーグはそう言うと、顔を顰めた。

「その仲介者は商人であったらしいからな。接触のあったと思われるところで聴取したところ、皆その商人の出身地は違うところを言うのだ。クルトであったりカーナンであったり」

「うわ、怪しさしかない」

「そうなのだ。それでその商人の行方が摑めなくてな……」

「そういうことか……」

会う人ごとに全く違う出身地を言うことで、自分に辿り着けなくしているのか。

用意周到だな。

「その商人が言ってる出身地って、スイード、クルト、カーナンだけ？　エルスは？」

あそこは商人の国だからな。

木を隠すなら森の中じゃないけど、大勢いる商人の一人に紛れてしまえばより捜し辛くなるんじゃないか？

「それはないな。エルス訛《なま》りは独特だ。あれは真似しようと思って簡単に真似できるものじゃない。どこか変になるからな」

「ああ、なるほど」

あれか、関西以外の出身の人が関西弁を喋ると、変な感じがするのと同じか。

「イースは？」

「それもないだろうな。あそこは宗教国で清貧《せいひん》を重んじる国だ。富を求めてわざわざ外国まで販路を求めるのに違和感が出る」

「じゃあ、ダームは？」

「ダームは……」

俺の質問に、オーグは少し考え込んだ。

「……待て。ダームはあったか？」

しばらく考え込んだあと、オーグはハッとした顔をしてそう呟いた。

「……調べてみた方がいいかもな」

「ああ、そうだな。すまない、シン、助かった」

オーグはそう言うと、ちらりと事務所の中を見てからゲートを開き帰って行った。

まだ落ち着かなそうだなあ。

と、ゲートの消えた辺りを見ながら皆のところに行くと、カタリナさんとアルマさんがまた生温かい目で俺を見ていた。

「な、なんですか？」

その目が気になったので思わずそう訊ねると、カタリナさんはニコッと笑った。

「いえいえ、なんでもありませんよ？」

「……そうですか？」

「はい。それより、随分深刻そうな顔をしていらっしゃいましたけど、なにかありましたか？」

絶対変な誤解をしてそうな気がするけど、さっきの話はカタリナさんたちにしていい話じゃないしな……。

「まあ……ちょっと機密に関わる話ですので、聞かせられませんし聞かない方がいいですよ」

俺がそう言うと、カタリナさんはアッサリと頷いた。

「そうだったんですね。では、これ以上聞かないことにします」

そういえば、カタリナさんってスイードのエリートだったっけ。

今まで国の機密に触れる機会とかもあったんだろう、割とアッサリと引き下がってくれた。

アルマさんは役所の事務員だったって言ってたから、そういう機会はあんまりなかっただろうけど。

現に、今もちょっと話を聞きたそうだ。

けど、カタリナさんが引き下がったもんだから聞くに聞けないって感じだろうか。

イアンさんとアンリさんとカルタスさんは、男同士で集まって話してる。

シャオリンさんは、語学学校開設準備の書類を見ているのか、うんうん唸《うな》っている。

いつも通りの仕事終わりの事務所の風景。

今は忙しいけど、オーグが戻ってきたらまたこれまでのような日常に戻れる……んだろうか？

俺は、事務所内を見ながら、そんなことを考えた。

第三章　事務員の正体は……

「おい、シン。ちょっといいか？」

「お？　どうしたオーグ」

エリー襲撃犯《しゅうげきはん》が逮捕されてから数日後、まだアルティメット・マジシャンズの業務を休業しているオーグが事務所にやって来て仕事終わりの俺に声をかけてきた。

わざわざ事務所まで来るってことは、なんか捜査に進展でもあったのかも。

俺とオーグは、事務所の上の階にある会議室みたいな部屋に来た。

一応、ウォルフォード商会がある建物の四階と五階をアルティメット・マジシャンズの事務所にしていて、事務所は四階にある。

五階はこうした会議室や仮眠室、食堂なんかがあるけど、俺たちは滅多《めった》に使わないから、何気にこの部屋に入ったのも初めてだったりする。

「で、わざわざこんな部屋まで来るってことは、事務所ではできない話か？」

「ああ。できれば聞かれたくない相手がいる」

「聞かれたくない……」

ちょっと前の会話を思い出してみると、その相手はなんとなく想像がついた。

「……アルマさんか？」

「ああ」

「ってことは、やっぱりそうなのか？」

俺がそう訊《たず》ねると、オーグは頷《うなず》いた。

「あのあと、仲介者《ちゅうかいしゃ》と思われる商人の目撃情報を全て調べた。その結果、ある一国だけ出身地だと言っていなかった」

「それが、ダームか」

「ご名答だ」

オーグはそう言うと、腕を組んで椅子《いす》に深く座り長い溜め息を吐いた。

「別に、ビエッティが関与していたという情報が入ってきたわけじゃない。しかし、どうしても不審《ふしん》な人物と会っていたという情報が頭から離れんのだ」

「不審人物ねえ……」

エリーが襲撃される前、アルマさんが素性《すじょう》の分からない男性を部屋に招き入れていた。

元々ダームに対して不信感を持っているオーグからすれば、アルマさんの行動は怪《あや》しく見えてしょうがないらしい。

俺は恋人だと思うんだけどなあ。

「アルマさんって、勤務態度も真面目《まじめ》だし、彼女が作った報告書は相変わらず評価高いし、問題ないと思うけど」

「そうなんだが……」

オーグは苦虫を噛《か》み潰《つぶ》したような顔をした。

「ひょっとして、仲介者の捜索《そうさく》は難航してるのか？」

俺がそう訊ねると、渋い顔をしながら頷いた。

「これまでの証言から、その仲介者の商人がダーム出身だろうということは間違いないと思う。しかし、そこから先が辿《たど》れんのだ」

「なるほどなあ」

ダーム出身の仲介者の足取りが摑《つか》めない。

なので、少しでも情報が欲しい。

「で、オーグはアルマさんに話を聞きたいと」

「もし本当に関与していたら素直に話してはくれんだろうが、こちらにはコレがある」

そう言ってオーグが取りだしたのは、ペンダント。

「お前……それを使うのか？」

オーグが持っているのは、自白用のペンダント。

自白というか、本当のことしか話せなくなるので、これを身に着けた状態で話す証言は嘘偽りのない証言になる。

大変便利な魔道具なのだけど、人間には誰しも秘密にしたいことの一つや二つあったりするものだ。

なのでこの魔道具を使うのは、犯罪捜査の取り調べのときだけだとオーグと約束して渡した。

今回は、アルマさんに怪しいところはあるが証拠があるわけじゃない。

そんな人にその魔道具を使うなんて……。

「もちろん事前に説明する。着ける着けないは本人の意思に任せる、私以外にも立会人を付ける、という条件ならどうだ？」

「……それなら、まあ」

いいのかな？

まあでも、アルマさんの疑惑を晴らすには、本人の口から真実を話してもらうしかないわけだし……その証言に信憑性《しんぴょうせい》を持たせるには、この魔道具は最適だしなあ。

「分かった。じゃあ、俺も立ち会うし、アルマさんは女性だから、カタリナさんと、一応マリアにも立ち会ってもらおう。それでいいか？」

俺がそう言うと、オーグは腕を解いて立ち上がった。

「ああ、それで構わない。じゃあ、早速ビエッティとアレナス、それとメッシーナを呼んでこよう」

オーグはそう言うと、部屋を出て三人を呼びに行った。

……王太子自らそういうことすんのね。

今いるのが俺らだからなのか、俺らといるせいでそういうこと気にしなくなったのか、どっちだろうなあ。

などと、どうでもいいことを考えながら部屋で待っていると、オーグが戻ってきた。

「……おい、なんで部屋で寛《くつろ》いでいるんだ？」

戻ってきて早々、そんなことを言われた。

「え？　だって、お前がさっさと行っちゃうから、連れて来てくれるんだと思ってた」

「……まあいい。三人とも、入ってくれ」

自分の行動を思い出したのか、オーグは今にも舌打ちしそうなくらい顔を歪《ゆが》めたあと、後ろにいた三人に声をかけた。

「し、失礼します！」

「お邪魔します……」

「ちょっと殿下《でんか》。なんなんですか？　早く用件を言ってくださいよ！」

ガチガチに緊張しているアルマさんと、おっかなびっくりといったカタリナさんと違い、マリアは不機嫌そうだ。

「いいから座ってくれ。ビエッティはそこ、アレナスとメッシーナはそこだ」

オーグは、アルマさんを自分の正面に座らせ、カタリナさんとマリアを側面に座らせた。

俺は、マリアとカタリナさんの正面に座ってる。

「急に来てもらって済まない。そして、話を始める前に、約束してもらいたいことがある」

オーグはそう言うと、連れてきた三人のうちアルマさんとカタリナさんを見た。

「これから話す内容は機密事項に該当《がいとう》するため他言無用《たごんむよう》だ。もしどこから漏《も》れたらお前たちを処罰しなければならなくなる。いいか？」

オーグがそう言うと、アルマさんとカタリナさんは青い顔をしつつもコクコクと頷いた。

連れてこられたもう一人のマリアは慣れた様子だ。

「また機密事項ですか。なんか、殿下の口から出る話って機密事項ばっかりなんで、なにがそうだったのか分かんなくなるときあるんですよねえ」

うん、ちょっと慣れ過ぎだな。

オーグもそう思ったようで、額《ひたい》に手を当てている。

「メッシーナ。お前、本当に気を付けろよ？　たとえメッシーナでも、機密事項をうっかり漏らしたら処罰しないといけないかもしれんのだぞ？」

まあ、俺らは依頼以外で一般人とあんまり関わらないから大丈夫だと思うけど。

それでも、うっかりはあるかもしれないしな。

「処罰ですか……ちなみに殿下、もし処罰するとしたらどんな罰になるんですか？」

マリアのその質問に、オーグは少し考えたあと答えた。

「そうだな、例えば……女子修道院に長期間入院してもら……」

「絶対に漏らしません!!」

「そ、そうか」

オーグが伝えた罰の内容に恐れをなしたのか、マリアはオーグの言葉を遮《さえぎ》ってまで機密を守ることを宣言した。

よっぽど嫌だったのだろうか？

「女子修道院に長期間……なんて恐ろしい……」

嫌だったようだ。

とにかく、マリアも承諾《しょうだく》したようなのでオーグがアルマさんに向かって話し始めた。

「まず、今回起きたエリー暗殺未遂事件なのだが……」

オーグはそう言って女子三人を見る。

「犯人はすでに逮捕されている」

その言葉を聞いた三人は、アルマさんとカタリナさんが嬉しそうな顔になっており、マリアは心底安堵《あんど》したという表情になっていた。

マリアはエリーの友人だし、そういう顔になるのは分かる。

それ以外の二人は、純粋に犯人が逮捕されたことを喜んでいるようだ。

まあ、同じアルティメット・マジシャンズの仲間であるオーグの奥さんとはいえ直接面識はないので、心配ではあっただろうけどマリアほどではないって感じかな。

その表情を見て、やっぱりアルマさんは関係ないいんじゃないかと思っていると、オーグは続きを話し出した。

「公表していないのは、犯人たちをまだ全て逮捕したわけではないからだ」

それを聞いた三人は驚きに目を見開いていた。

「え？　犯人って一人じゃなかったんですか？」

アルマさんとカタリナさんはオーグに質問なんてできそうにないので、マリアが代表して訊ねた。

「ああ。少なくとも、首謀者《しゅぼうしゃ》、仲介者、実行犯がいる。このうち、実行犯と首謀者はすでに逮捕している。だが……」

「仲介者がまだってことですか……」

オーグの説明を聞いて、マリアが一瞬納得した顔を見せたが、すぐにハッとした。

「で、それと私たちを呼んだのとなにが関係あるんですか？」

まあ、なにも説明していないなら当然か。

「実はな……」

なのでオーグは、俺と一緒に考えた仲介者のことについて話し始めた。

最初は感心したように聞いていた三人だが、段々一人の顔色が変わり始めた。

アルマさんだ。

犯人はダーム出身である可能性が高いと説明した辺りからである。

正直、俺はこのアルマさんの顔色の変化を、どう捉《とら》えていいのか分からなかった。

自国の人間がこんな大事件を起こしたことに対する、申し訳ないという気持ちなのか？　はたまたスパイがバレたかもという恐怖なのか……。

「それで、ビエッティはダーム出身だ。色々と話を聞きたいと思ってな」

そう言うオーグの目は真剣そのものだ。

元々、その王太子という立場に萎縮《いしゅく》していたアルマさんは、その剣呑《けんのん》な雰囲気《ふんいき》にさらに萎縮してしまった。

「色々……ですか」

マリアもそう言いながらアルマさんを見る。

そういえばオーグはクワンロンにいたときに、ダームから派遣されてくる人物に気を付けろという話を皆にしていた。

それを思い出したんだろう。

しかし、アルマさんを見るマリアの表情は複雑だ。

仮にも、数ヶ月間一緒に仕事をしてきた仲間だ。

その仕事内容に疑わしいところなどなかったし、疑いの目で見たくはないのだろうな。

もう一人のカタリナさんは「え？　え？」と全く分かっていない素振《そぶ》りをしていた。

「それで殿下。アルマさんはともかく、なんで私とカタリナさんは呼ばれたんですか？」

マリアからの質問に、オーグは例のアレを取り出した。

「あ、それ……」

「そうだ。これを身に着けると真実しか話せなくなる……ぶっちゃけ自白強要の魔道具だ」

その存在を知っていたマリアは、それを使うのかという驚きでオーグを見、アルマさんとカタリナさんは、そんな魔道具があるのかという驚きで魔道具を見ていた。

「本来なら、犯罪捜査の中で虚偽《きょぎ》の証言をしないように利用されるものだ。今回、ビエッティは罪を犯したわけではない。なので、まずはこの魔道具を着けて証言をするかどうかの意思確認を行いたい。ちなみに、この魔道具はシンの制作で信用度はかなり高い。

これを着けた状態での証言は、間違いなく真実だと認められる。どうする？」

オーグからそう聞かれたアルマさんは、どうしたらいいのかとマリアを見た。

それを見たマリアは、納得の表情を浮かべていた。

「なるほど。この魔道具を着けることを強要したわけじゃないと、その証人として私とカタリナさんを同席させたんですね？」

「その通りだ。それに、この魔道具を身に着けると嘘が吐けん。プライベートな質問にも嘘偽りなく回答してしまう。ビエッティは女性だ。そういった不適切な質問をしないようにという監視と、そういう質問をしなかったという証人でもある」

ホント、アルマさんのことはかなり疑惑の目で見てるのに、こういうとこは真面目だよな、コイツ。

オーグほどの権力があれば、有無《うむ》を言わさず自白の魔道具を身に着けさせることも、プライバシーを丸裸にすることもできる。

しかし、そういったことができてしまうので、逆にその力を極力振るわないようにしている。

こういうところも、民衆から支持が集まる要因なのかもな。

マリアもそう感じたらしく、はぁっと息を吐くとアルマさんに向き直った。

「大丈夫ですよアルマさん。何度かこの魔道具が使用されたところを見たことがありますけど、危険なものではないです。それに、女性に対して不謹慎な質問は止めるようにという殿下自身のお達しです。変な質問はされないと思いますよ」

なので、着けても問題ないとマリアが言ったので、俺も補足しておく。

「さっきオーグが言ったように、この魔道具を着けて証言したことは間違いなく真実とみなされます。アルマさんが今まで読んだ本の中で、証言を信じてもらえず窮地《きゅうち》に陥《おちい》った話はありませんか？　あれがなくなると思ってもらっていいです」

俺がそう言うと、アルマさんはハッとした顔をした。

やっぱり、そういう本があったか。

アルマさんには、こう言った方が効くと思ったんだよな。

すると、やはりアルマさんは覚悟を決めたようでオーグに視線を向けた。

「つ、着けます」

「そうか。では、これを首からかけるだけでいい」

そう言いながらアルマさんにペンダントを渡す。

「え？　あの、起動させなくていいのですか？」

「ああ。それは魔石《ませき》を使用している常時発動型の魔道具だ。だから身に着けるだけでいい」

オーグがそう言うとアルマさんは、若干《じやっかん》手を震わせながらペンダントを身に着けた。

そして大きく深呼吸すると、オーグの顔を見た。

「あの、もう大丈夫です」

その言葉を皮切りに、オーグの尋問《じんもん》が始まった。

「まず単刀直入に聞くぞ。ビエッティ、お前はエリー襲撃事件に関わっているか？」

「え？　い、いいえ」

いきなりの質問に、アルマさんはしどろもどろになりながらも関与していないと答えた。

って、これで尋問終了しちゃうんじゃ？

そう思ったが、オーグの質問はまだ続いていた。

「では、次の質問だ。この商人の名前に見覚えはあるか？」

オーグはそう言うと、商人の名前を書いた紙をアルマさんに見せた。

口に出さないのはカタリナさんがいるからだろう。

その紙を見たアルマさんは、首を傾《かし》げたあと「知りません。聞いたことがない人です」と答え、仲介者との関りもないと証明された。

……同時に、仲介者に対する有益《ゆうえき》な情報がないことも証明されたけど。

「では次の質問だ。ビエッティは……今回の派遣に対して、上司からなにか言い付けられていることなどはあるか？」

オーグの質問はつまり、アルティメット・マジシャンズ、もしくはアールスハイド王国の内情を調べてこいと言われているかどうかの確認だろう。

人によっては不快《ふかい》に感じる質問かもしれないが、さっきオーグが色々と疑っている旨の発言をしていたので、しょうがないと思っているのかもしれない。

アルマさんは特に嫌な顔をせず、こちらに来る前のことを思い出そうとする仕草を見せた。

「そうですね……」

しばらく記憶を探っていたアルマさんは、ようやく「ああ」と言って話し始めた。

「上司から、お前の文章作成能力は確かだから、心配しなくても貢献《こうけん》できる。胸を張って行ってこいと言われました」

「……」

そのアルマさんの言葉に、オーグはポカンとした顔をした。

「え？　いや……それだけか？」

「あ、はい。ああ、同僚には羨《うらや》ましがられましたね。私が行きたかったのにと恨《うら》み言《ごと》を言ってきた人もいました」

ごく普通の上司の励《はげ》ましに、ごく普通の同僚の反応。

アルマさんは間違いなく自白の魔道具を身に着けているので、言っていることは真実だ。

まさか、全く疑いようのない返事が返ってくるとは思っていなかったんだろう。

オーグはしばらく呆然《ぼうぜん》としていた。

「おい、オーグ」

「はっ⁉ あ、ああ、すまないビエッティ。そうか、問題なしか……」

そう言うオーグは、ホッとしたような、残念なような顔をしていた。

しかしなんとか気を取り直し、アルマさんに対する質問を再開した。

「では……これが最後の質問だ」

「はい」

オーグの言葉に、アルマさんは姿勢を正した。

「先日……アレナスが本を持ってきていた日があっただろう？」

「え……あ、はい」

「ああ、あのアマーリエの新刊を持ってきた日ですか？」

「そうだ」

カタリナさんの言葉をオーグが肯定《こうてい》すると、アルマさんがビクッとした。

「あの日、お前はメッシーナの誘いを断って先に帰ったな？」

「……はい」

ん？

どうしたんだろう？

正直今までの問答で、アルマさんの疑惑は払拭《ふっしょく》されていると思っていたのに、急にソワソワしだした。

え？　まさか。

本当に会っていた男性は……。

「あの日、ビエッティの家の前で、男性がお前の帰りを待っていたという目撃証言がある。その後帰宅したお前はその男を部屋に招き入れていたともな」

オーグがそう言うと、マリアが口を挟んだ。

「ちょ、ちょっと殿下！　それ、プライベートな質問ですよ⁉」

「心配するな。そこまでは聞かん。だが、これだけは聞かせてくれ」

オーグはそう言うと、アルマさんの目を真っ直ぐに見た。

アルマさんは……うわ、今までの比じゃないくらいメッチャ怯《おび》えてる……。

「あの男性は、どこの誰だ？」

今まであまり聞いたことのないオーグの低い声に、マリアまでビクッとしている。

多分初めて聞いたであろうカタリナさんも怯えた顔をしているし、正面からその言葉を投げかけられたアルマさんは……。

気を失いそうになるくらい顔面蒼白《がんめんそうはく》だ。

ああ……これは……。

黒……かなあ……。

俺がそう思っていると、オーグがアルマさんに返事を促した。

「どうした？　早く答えろ」

若干威圧《いあつ》も籠《こ》もったその言葉を受けて、アルマさんがようやく口を開いた。

「あ、あの人は……」

「アイツは？」

「あの……へ……」

「へ？」

「へん……」

なんだ「へん」って？

はっ！

まさか！　変質者か⁉

そんなことを考えたときだった。

「へん、しゅう、しゃ……です」

「「「……」」」

アルマさんの答えに、会議室内の時間が止まった。

俺だけでなく、カタリナさんやマリアも固まっている。

オーグは……。

「んん？　聞き間違いか？　今、編集者と聞こえたのだが……」

そう聞き返すと、アルマさんは顔だけでなく首まで真っ赤にしながら俯《うつむ》いてしまった。

「はいぃ……そう、言いましたぁ……」

アルマさんはそう言ったあと、よほど言いたくなかったのか、両手で顔を覆《おお》って隠してしまった。

え？　編集者ってなに？

なんでそんな人がアルマさんの家に来てんの？

「ちょっとまて！　なぜそんな人間がビエッティを訪ねてくるのだ⁉」

あ、オーグも俺と同じこと考えてた。

っていうか、カタリナさんもマリアも同じみたいで、アルマさんの返事を興味深げに待っている。

しばらく両手で顔を隠したまま俯いていたアルマさんだったが、俺たちがなにも言わないので諦めたのか、顔を覆っていた手を下ろし、俯いたまま話し始めた。

「その……私が……小説を書いていますので……」

そう言うアルマさんの顔は茹《ゆだ》ってるんじゃないかというくらい真っ赤だ。

そのアルマさんの返事を聞いたオーグは……。

あ、放心してる。

「えっと、じゃあ、あの日その人が来てたのって、打ち合わせ？」

オーグが使い物にならなそうなので、代わりに俺が質問しておいた。

するとアルマさんはゆるゆると頭を横に振った。

「実は……あの日が締め切りで……でも出来てなくて……原稿が完成するまで見張られていたんです……」

「ああ、そういうことか……」

だから数時間出てこなかったんだ。

アルマさんの答えには整合性があるし、なにより自白の魔道具を身に着けているから間違いなく真実だ。

ちらりとオーグを見ると……。

頭を抱えて机に突《つっ》っ伏《ぷ》していた。

そりゃあ、あれこれと疑惑を持っていたら、全部的外れだったとなればそうなるよな。

アルマさん以上に恥ずかしいわ、コレ。

まあ、それはともかく、アルティメット・マジシャンズの事務員であるアルマさんの疑惑は完全に晴れたな。

そう思っていると、カタリナさんとマリアがアルマさんと話していた。

「なるほど、小説家さんだったんですね。道理で報告書を書くのが上手なはずです」

「字が綺麗《きれい》なのもそうなの？」

「え？　どうでしょう？　私は編集さんが読みやすいように気を付けてますけど、中には解読するのが難しいほど字が汚い人もいるって聞いたことがあります」

「じゃあ、字が綺麗なのはアルマさんだからってことですね」

「ど、どうも」

カタリナさんに褒《ほ》められて、アルマさんは嬉しそうにモジモジしている。

オーグのプレッシャーから逃れたからか、大分《だいぶ》気が楽そうになっている。

それにしても、同じチームの人に疑いをかけたことは悪かったなあ。

あとでアルマさんにはなにか形のある謝罪をしないといけないな。

なんて思っていると、カタリナさんとマリアはあることに気が付いた。

「そういえば、私結構本を読むんですけど、アルマ＝ビエッティっていう作家さんは聞いたことがないですね」

「あ、私もそれ思った」

「うっ！」

あれ？　気が楽になったと思っていたのに、また挙動不審《きょどうふしん》になってる。

もしかして、小説家とは言ったもののあんまり売れてなくて恥ずかしがってるとか？

「あの……恥ずかしいので本名で本は出してないんです……」

「へえ、じゃあペンネームですか？」

「なになに？　なんてペンネームなの？」

二人がそう追及《ついきゅう》してくるが……。

おい、二人とも、アルマさんはまだ自白の魔道具を着けていることを忘れてないか？

そう思って注意しようとしたんだけど、一歩遅かった。

「ちょ、二人とも……」

「あの……アマーリエって名前で……」

「「「えええええっ‼」」」

アルマさんが告げたペンネームを聞いて、俺とマリアとカタリナさんは、思わず立ち上がって叫《さけ》んでしまった。

机に突っ伏していたオーグまで、ガバッと顔を上げている。

え？　え？

アマーリエって、あのアマーリエ⁉

カタリナさんが大好きって言ってて、エリーも愛読《あいどく》してる、あのアマーリエ⁉

アルマさんの、あまりに衝撃的な告白に、俺たちは誰一人声も出せずに呆然としてしまった。

アルマさんは、その重い空気が辛《つら》いのか俯いてしまっている。

そんな中、一人が動いた。

「ア、アマーリエ先生!!」

「ひゃ! ひゃい!!」

カタリナさんが、凄い形相《ぎょうそう》でアルマさんに詰め寄っていた。

「サ、サインを! 私が持っている先生の著書にサインをしてもらってもよろしいでしょうか⁉」

「ふえっ⁉ あ、はい」

「ありがとうございます!!」

カタリナさんは、物凄い勢いで頭を下げた。

九十度どころか、立位体前屈《りついたいぜんくつ》かってくらい頭が真下にある。

そんな様子を呆然と見ていたアルマさんだったが、ハッと我に返って慌《あわ》てだした。

「あ、あの! カタリナさん!!」

「はい! なんでしょうか先生!!」

「うっ……」

物凄くいい笑顔のカタリナさんを見たアルマさんは、物凄く気まずそうだ。

しばらくモジモジしていたアルマさんだが、意を決してカタリナさんに話しかけた。

「あの、先生はやめて下さい……恥ずかしいので……それと……できれば今まで通りに接して頂けませんか？　畏《かしこ》まられるとその……同じ職場の同僚なのに距離を感じてしまうので……」

ああ、アルマさんが言いたがらなかったのはこれが理由か。

カタリナさんの話を聞く限り、アマーリエは相当な人気作家だ。

自分がそうだと判明した途端に、態度が変わった人を何人も見てきたんだろう。

アルマさんは、最初はオドオドしていたけど、段々皆にも慣れてきて事務所内で楽しそうにお喋りしているところを何度も見ている。

多分、アルマさんはこういった気が置けない人間関係を手に入れたかったんじゃないだろうか？

だから皆にも内緒にしていたんだと思う。

アルマさんに、今まで通りに接してほしいと言われたカタリナさんは「え……でも……」と困惑気味だったが、アルマさんが懇願《こんがん》するようにジッと見つめていると、大きく深呼吸した。

「分かりましたアルマさん。すみません、ちょっと暴走してしまって」

「あ、い、いえ！　大丈夫です！　こちらこそ偉そうなことを言ってしまって……」

「実際偉いんですから問題ないです。でも、そうですね、私と距離は置かれたくないってことですもんね」

「そ、そうです！　今まで通りにしてくれたら嬉しいです」

アルマさんがそう言うと、カタリナさんは満面の笑みになった。

「うふふ。では今まで通り、お友達として接しますね！」

ん？　あれ？　同僚じゃなくて？　いつの間にお友達になったんだ？

カタリナさんの言葉に首を傾げていると、アルマさんは感激した面持《おもも》ちになっていた。

「おともだち……はい！　私たちはお友達です！」

アルマさんはそう言ってカタリナさんと手を取り合ってキャッキャしていた。

「ねえ、ちょっといい？」

二人がキャッキャしているところを見ていると、マリアがなぜかジト目でアルマさんを見ていた。

「あ、す、すみません！　お騒がせしてしまって……」

「あ、いや、そうじゃなくて」

アルマさんの謝罪を遮って、マリアはアルマさんを指差した。

「ソレ、いつまで着けてんの？」

「「「あ」」」

アルマさんの首には、まだ自白の魔道具がぶら下がっていた、

「あ、あの、殿下……」

「……はっ⁉　な、なんだ？」

オーグの奴、今の今まで呆然としてやがったな。

「あの、コレ……まだ着けていないといけませんでしょうか？」

「あ、ああ。もう外して構わないぞ」

「ありがとうございます」

オーグの了承を得たアルマさんは、ペンダントを外しオーグの前に置いた。

「オーグ、これでアルマさんの疑いは晴れたってことでいいか？」

「……ああ。全く問題ないな。済まないビエッティ。不快な思いをさせた」

オーグはそう言うと、アルマさんに向かって深々と頭を下げた。

「うえっ⁉　あ、頭をお上げ下さい殿下！　私は全然気にしてませんから！」

「……そうか」

「はい！」

疑われたことより、王族が自分に頭を下げたことの方がよほどショックだったようで、アルマさんは全く気にしていなそうだった。

自白の魔道具がなくてもそれが本心だと分かるアルマさんの表情を見て、オーグもホッとしたようだ。

なんせ、これからもアルマさんはアルティメット・マジシャンズの事務員として働いていくんだからな。

変なシコリがあったらやりにくいし。

アルマさんの疑いも晴れて、オーグに対する遺恨《いこん》もなさそうで良かった。

と、そう思っていたのだが、今度はオーグがなにか言いたげで、しかし言い出せない感じになっていた。

「なんだよオーグ。まだなんかあんの？」

俺がそう聞くと、オーグはバツの悪そうな顔をしてそっぽを向いた。

「ビ、ビエッティ」

「は、はい！」

「その……厚かましい話だとは重々承知しているのだが……その……」

「？」

なんだろう？

オーグがこんなに言《い》い淀《よど》むなんて珍しいな。

そう思っていると、若干顔を赤くしたオーグが話を切り出した。

「エ、エリーがアマーリエの大ファンでな……その、良かったら後でサインを貰えないだろうか？」

「あ、はい！　喜んで‼」

オーグの予想外のお願いに、アルマさんは一瞬呆《ほう》けていたが、すぐに了承した。

へえ、嫁さんのためにファンの作家のサインを強請《ねだ》るなんてな。

分かっていたけど、オーグがエリーを溺愛《できあい》しているんだなと思われる光景を見て、俺は思わずニヤニヤしてしまった。

「……なんだ？」

「別に？　あ、アルマさん、俺にも後でサイン頂戴《ちょうだい》」

オーグが睨《にら》んでくるけど、流しとこう。

せっかく有名人が身近にいるんだ、サインとか貰っとかないとね。

そう思ったのだが……。

「ひえっ⁉　み、御使《みつか》い様に私のサインなんてとんでもないです‼　むしろ私がサインください‼」

「なんでだよっ⁉」

「あ！　私は友達だけどサイン貰ってもいいですよね⁉」

「もちろんです！」

「だからなんでだよ⁉」

オーグにもカタリナさんにもサインあげるのに、なんで俺は俺からサインあげなくちゃいけないんだよ！

っていうか、サインなんて書類にしかしたことねえよ！

アルマさんに対する疑惑が晴れたことによって空気が弛緩《しかん》したのか、ギャアギャアと暫《しばら》く騒いでいる俺たちを見て、別にアマーリエのファンでもなく、俺のサインなんてコレッぽっちも欲しくないマリアがポツリと溢《こぼ》した。

「なにやってんの？　アンタら」

そのあまりにも冷めた目を見て、俺たちは騒いでいることが恥ずかしくなって静かになった。

結局、オーグとカタリナさんには、最新刊にサインをして渡し、俺はアルマさんと色紙に書いたサインの交換をした。

いや、だからなんでよ？

疑惑の晴れたアルマさんと、立会人として呼ばれていたマリアとカタリナさんが会議室を退室し、俺とオーグだけが残された。

二人きりになった途端、オーグは深い深い溜め息を吐いた。

「はあぁ……まさか、こんな結果になろうとはな……」

「まあなあ……お前、いかにもアルマさんが犯人だ！　って顔で追い詰めてたもんなあ」

そして推理は大外れ。

そら恥ずかしいわ。

俺がそう言うと、オーグはギリッと歯を食いしばった。

「わ、私はそんなことを言っているのではない！」

「ふーん？」

おお、照れ隠しか。

そう思ってニヤニヤしていると、オーグは「チッ！」と舌打ちした。

王太子が行儀《ぎょうぎ》悪《わる》いよ？

「ビエッティの証言には期待していたのだ。そこからなにか打開策が見出せるのではないかとな。だが、全く関わりがなかった……つまり、犯人に繋がる糸が切れてしまったということだ」

「ああ、そうなのか。っていうか、もうなにも情報ないのか？」

俺がそう訊ねると、オーグは髪の毛をクシャクシャと掻《か》き毟《むし》った。

「相当周到に用意していたようでな。痕跡《こんせき》が全く辿れんのだ」

「じゃあ、ダームに直接問い合わせてみるとかは？」

俺の提案に、オーグはまた苦い顔をした。

「証拠がない。仲介者がダームの出身ではないかというのも、不自然にダームの名を出していなかったことに関して我々が推理をしただけだ。そんな不確定な要素でダームに問い合わせなどできるか。国際問題になるわ」

「めんどくせえなあ……」

「面倒くさいんだよ。外交というのはな」

でも、そうなると、本格的に手詰まりだな……。

「で、結局どうするんだ？」

これ以上仲介者の商人を追うのは無理だとして、これからどうするんだろう。

放置か？

「証拠がないとはいえ、ダームが疑わしいのは間違いない。これから、国境の入国審査を厳しくしていくしかないだろうな」

「でもさ、ダームだけ厳しくしてたらそれこそ国際問題にならないか？　自分の国を疑っているのかって」

まあ、実際疑ってるんだけどね。

「ダームだけ厳しくするわけにはいかないからな。これから、入国する際の審査は全ての国共通で厳しくする必要がある」

「え、全部？」

それはいくらなんでもやり過ぎじゃ……。

そう思ったのだが、オーグは首を振った。

「この場合は証拠がないのが幸いしたな。エリー暗殺を企《くわだ》てたのは外国の商人。どこの国の者だか特定できなかったので、全ての国の入国審査を見直すこととした。そう言えば誰も反対などしないさ」

「はあ～、それを逆手に取るのか」

コイツ、こういうところはさすがだよな。

転んでもタダでは起きない。

「今回、本当の黒幕を取り逃がしたことは、我々の失態だ。証拠を残さず撤退したのだったら、せいぜいそれを利用してやるさ」

そう言うオーグの顔は、いつもの自信満々の不敵な笑みを浮かべておらず、眉を顰《ひそ》めた苦々しい顔だった。


こうして、エリー暗殺未遂事件は、実行犯と首謀者を逮捕。

その二者を繋いでいた仲介者は、国外の商人であることまでは判明したが、逃亡し行方不明《ゆくえふめい》であると公表された。

首謀者であるドーヴィル伯爵親子には、裁判の末極刑が言い渡された。

実行犯である魔法師団員に関しては、家族を人質に取られていたこと、深い反省の念が見られ、首謀者逮捕に協力的であったことなどが情状酌量《じょうじょうしゃくりょう》され、極刑は免《まぬが》れ、長期の強制労働刑が言い渡された。

そして、仲介者が国外の人間であったことから、アールスハイド王国への入国審査が、全ての国に対して厳しくなった。

状況が状況だけに、各国もそれを素直に受け入れ、非難どころかむしろ同情的な意見が多かった。

これにはダームも従わざるを得ないので、ハッキリとした確証はないがダームからの不穏分子《ふおんぶんし》の介入はこれ以降防ぐことができた。


……と思われる。

◆

アールスハイド王国が王太子妃エリザベート暗殺未遂犯の逮捕を公表し、各国に対し入国審査を厳格化する少し前、ダームにある街の一つで身なりの良い男がイライラしながら側近の男に当たり散らしていた。

「あの無能がっ！　失敗しやがった‼」

「いぎゃっ！　か、かしら！　お、落ち着いてください！」

「かしらって呼ぶなって言ってんだろうが‼」

「すみません議員！」

「くそっ！　任せろっていうから任せたのに、なに失敗してやがんだ！」

議員はそう言うと、側近の男への八つ当たりを止め、椅子にドッカリと座り、それと同時に頭を抱えた。

「……まさか痕跡とか残してんじゃないだろうな」

「さ、さすがに、そこまで無能じゃないですよ」

「……そう信じたいね。もし痕跡が少しでも残っていたら、俺もお前もどうなるか分かんねえんだぜ？」

それを聞いた側近の男は、ブルリと身を震わせた。

なにせ相手は、大国アールスハイド王国。

アルティメット・マジシャンズを自国の保有戦力ではないと公言しつつも、自国の王太子がその次席。

あの国が……王太子が本気になれば自分などあっという間に消されるだろう。

だからこそ迂遠な策を弄したというのに、まさか失敗するとは思いもしなかった。

その日から議員は、夜も眠れない日々が続いた。

だが、アールスハイドが公表した内容を見て心底安堵した。

大丈夫、あいつらはここまで辿り着けていない。

それはすなわち、自身の安寧《あんねい》を保証するものだった。

その日から、また議員は夜よく眠れるようになった。

だが数日後、厳格化した入国審査により自身の手の者が何人も逮捕される事態になり、
今度は悔《くや》しさで眠れない日々を送ることになるとは、このときの議員は少しも思っていなかった。

第四章　新しい家族、新しい関係

エリー暗殺未遂事件から数ヶ月後。

結局、仲介者《ちゅうかいしゃ》を逮捕することはできなかったけれど、入国審査を厳しくしたことで国外から不穏分子《ふおんぶんし》が流入することを防ぐことに成功していた。

入国審査が厳しくなっていることを知らずに、違法な物をアールスハイド国内に持ち込もうとして国境で逮捕される者が続出したとのことだ。

入国審査の厳格化は国内の治安上昇にも寄与《きよ》したらしく、犯罪発生率が減少したそうだ。

思わぬ副産物だったとオーグが言っていたな。

とんでもない大事件が起きたけど、結果的に国内の治安が良くなったので、街を歩いていてもとくに危険な目に遭《あ》うことはない。

秋になり過ごしやすくなったある日の休日。

俺は、安定期に入ったシシリーと最近益々《ますます》やんちゃになっているシルバーを連れて、散歩をしている。

「おさーんぽ！　おさーんぽ！」

俺とシシリーに手を繋がれ、シルバーは上機嫌に歩いている。

シシリーは安定期を過ぎてまた魔法が使えるようになったので、すでに現場復帰している。

護衛《ごえい》として一緒にいるナターシャさんはいつも心配そうにオロオロしている。

今も、俺たちに付き従ってオロオロしている。

「あ、ああ、シルバー様！　そんなに聖女様のお手を振られては……」

「う？」

「もう、大丈夫ですよナターシャさん」

「し、しかし……」

創神教《そうしんきょう》の司教で、教皇《きょうこう》であるエカテリーナさんを敬愛《けいあい》しているナターシャさんは、エカテリーナさんが聖女認定したシシリーのことも同様に敬《うやま》っている。

それにしても、これはちょっと敬い過ぎではないだろうか？

そう思ったのは俺だけではなかった。

「はぁ、いい加減にしろよナターシャ。過保護過ぎたらシシリーのストレスになるって」

シシリーが魔法を使えるようになっても、なぜか護衛として一緒にいるミランダがナターシャさんに苦言を呈《てい》する。

まあ……ミランダはミランダで大雑把《おおざっぱ》過ぎる気はするんだけどね……。

「はあっ⁉　私はただ、聖女様をお守りしたい一心なだけです！」

「それはいいけど、やり方が過干渉《かかんしょう》だって言ってんのよ！」

「なんですって⁉」

この二人、護衛として一緒にいる間に随分仲良くなったなあ。

最近は、口を開けば喧嘩《けんか》ばっかだ……。

正直、このやり取りがシシリーのストレスになっているような気がしてならない。

実際、シシリーも苦笑してるし。

もうそろそろ二人を止めようかと、そう思ったときだった。

「けんかは、メッ！」

シルバーが俺とシシリーから手を離し、後ろを振り向いて二人を諌めた。

「え、あ、ち、違いますよシルバー様！」

「そ、そうだぞー。アタシたちは喧嘩なんかしてないぞシルバー」

ナターシャさんとミランダに向かって、頬《ほお》を膨《ふく》らませているシルバーに、二人は慌《あわ》てしゃがみ込み喧嘩はしていないと弁解していた。

「むー!」

しかし、さっきのやり取りを聞いていたシルバーは、その言葉を信用せず、まだ二人を睨《にら》んでいる。

「「うっ……」」

純真無垢《じゅんしんむく》な子供にそんな目を向けられた二人は、激しく動揺し気まずそうにお互いを見た。

「あの、すみません。ムキになり過ぎましたわ」

「いや……アタシも言い過ぎた。ゴメン」

そう言ってお互いに謝ると、それを見ていたシルバーは首を傾《かし》げた。

「なかよし?」

そうシルバーに訊《たず》ねられた二人は、急に肩を組んだ。

「ええ!」

「アタシたちは仲良しだぞ!」

さっきまで喧嘩していたとは思えないほどニコニコとシルバーに向かって笑顔を見せる二人。

それを見たシルバーは、ニパッと笑った。

「よかった!」

うわ、ナニコレ、滅茶苦茶《めちゃくちゃ》可愛いんですけど！

「はわぁ……シルバー可愛いです！」

シシリーも俺と同じ気持ちだったらしく、さっきまでの苦笑から一転、蕩《とろ》けるような笑顔をシルバーに向けている。

俺は、二人の喧嘩を仲裁したシルバーの頭を撫《な》でて褒《ほ》めてあげる。

良いことをしたときは褒めてあげないとね。

「シルバー凄いぞ。お姉ちゃんたちを仲直りさせてあげたな」

俺がそう言うと、頭を撫でられてくすぐったそうにしていたシルバーが顔をあげて
「うん！」と微笑《ほほえ》んだ。

「はぁ……シルバーが可愛すぎて辛い」

「分かります」

俺の呟《つぶや》きに、シシリーが即答で同意した。

「う？」

当のシルバーは意味が分かってなさそうだけどな。

「親馬鹿夫婦……」

俺たちを見て、ミランダがそんなことを言った。

「親馬鹿って、そんなことないだろ」

「そうですよミランダ。シルバーが可愛いのは事実です。事実を言っているだけで決して親馬鹿ではないですよ」

「発言がもう親馬鹿だろ……」

むう、なんでミランダはゲンナリしてるんだ？

シルバーが良い子で可愛いのは事実だろうが。

「確かに、シルバーが良い子で可愛いのは事実ですが……それはあれですか？　お母さまが妊娠《にんしん》していると、上の子が親の愛情をお腹の子に取られたと勘違いするので、そうさせないためにシルバー様を構われているのですか？」

「「え？」」

「あ、素だわ、コレ」

そういえば、お腹の子にばかりかまけてシルバーを蔑《ないがし》ろにしないように気を付けようってシシリーと話したことがあったわ。

すっかり忘れてた。

「まぁ……シルバー様がお二人の愛情を感じられているのであれば問題はないですね」

ナターシャさんからもお墨付きを貰ったし、問題ないな。

「さて、こんなところでゆっくりしてないで、そろそろ行こうか」

「そうですね。公園でシルバーのお友達も待っているでしょうし」

「あい！　おともあち！　あしょぶ！」

友達と公園で遊ぶのが楽しみなのか、シルバーは再び俺たちの手を取り、グイグイと引っ張って歩き始めた。

おお、随分力が強くなってる！

「シルバー、そんなに急ぐと、公園に着いた頃には疲れちゃって遊べなくなっちゃ……え？」

「う？」

一生懸命俺たちを引っ張って行こうとするシルバーを、シシリーが優しく宥《なだ》めていたのだが、その途中でなにかを見つけたのか、言葉を切って歩みも止めてしまった。

「まま？」

「シシリー、どうした？」

「あ、あれ……」

なにかを見つけたシシリーは、ある一点を指差した。

その手は、若干《じゃっかん》震えている。

シシリーが震えるようなことがあったのかと、俺は警戒心マックスで指差す先を見た。

すると……そこで、俺も驚愕《きょうがく》する光景が目に入ってきた。

「な……なん……だと？」

あまりの事態に、声が掠《かす》れた。

目の前の光景が信じられなくて、呆然《ぼうぜん》としてしまう。

言葉が上手く出てこない。

なんだこれは？

俺は……一体なにを見ているんだ……？

信じられない光景に言葉を発することもできずにいる俺とシシリー。

二人とも動くことすらできない。

そんな沈黙と硬直の時間を打ち破る声が後ろから聞こえた。

「あああああっ‼　マリアァッ！！？？」

ミランダが急に大声を上げて突撃していった。

「ん？　げっ！　ミランダ⁉　シンにシシリーまで‼」

大声で駆け寄ってきたミランダを見て、その場にいた人物……俺らの仲間でシシリーの幼馴染みで親友のマリアがメッチャ嫌そうな顔をした。

「お、おまっ！　お前ぇっ‼　これは一体どういうことだあっ‼」

そんな嫌そうな顔をしているマリアの胸倉《むなぐら》を掴《つか》み、ある一点を指差すミランダ。

そう、その指差す先には……。

「あれえ？　シンさんやないですか。奇遇ですねえ」

アルティメット・マジシャンズの事務員、カルタスさんがいた。

ようやく俺も現実を受け入れられてきた。

二人がいたのはカフェのオープンテラス。

俺たちが見たのは、そこで二人仲良くお茶している光景だったのだ。

え？　いつの間に？

二人ってそういう関係になってたの？

全く気が付かなかった！

「マリア！　お、お前！　いつの間にそんな……か、彼氏なんて……」

ミランダのその言葉に、マリアは慌てて立ち上がった。

「だあっ！　ち、違うわよ！　大体、私がカルタスさんと一緒にいるのはアンタたちのせいなんだからね！」

「はあっ⁉　意味の分からんことを言うな！」

なんだよ、俺たちのせいでカルタスさんと一緒にいるって。

俺ら、二人のキューピッドなんてした覚えねえぞ？

すると、マリアは俺たちにジト目を向けてきた。

「シシリーは妊娠してるし、ミランダはそのシシリーの護衛でずっと一緒にいるし、一緒に出掛ける人間がいなくなっちゃったのよ！」

ああ、そういえば、この三人って学生時代から仲良かったっけ。

あれ？　でも……。

「それなら他の人間誘えばいいじゃねえか。なんでカルタスさん？」

俺がそう言うと、マリアは憮然とした顔をした。

「オリビアはシシリーと同じで妊娠してるし、休日は大体マークと一緒にいるでしょ。ユーリは彼氏とずっと一緒にいるし、リンは暇さえあれば魔法学術院に行ってるし、アリスはなんか用事があるらしいし」

そして、マリアはなんも予定がないらしい……。

「カ、カタリナさんとかアルマさんとかは……」

「あの二人はなんか仲良いし、割り込みづらいのよね……シャオリンさんも忙しそうだし」

ああ、そっか。

カタリナさんは憧《あこが》れの先生と友達付き合いができて嬉しいらしく、休日になると二人でよく一緒に出掛けていると聞いたことがある。

アルマさんも、初めて全部曝《さら》け出《だ》せる友人が出来て嬉しそうにしてたな。

シャオリンさんも語学学校設立の準備で忙しいって言っていたし。

「で、残ったのがカルタスさん？　イアンさんとアンリさんはなんで除外？」

「イアンさんは筋肉で暑苦しいし、アンリさんは変態だから」

……そういや、イアンさんはともかくアンリさんは初対面から飛ばしてたな……最近はそういうこと言わないから忘れてたけど。

「で、消去法でカルタスさんしか休日に誘えるような人がいなかったってわけよ」

「消去法って、寂《さび》しいこと言わんといて下さいよマリアさん」

「ああ、ゴメンねカルタスさん。まあ、カルタスさんなら一緒にいても不快な思いはしないし、私も一人で休日ブラブラしてるとなんか死にたくなるし、聞いたらカルタスさんも休日は大抵一人でいるって言うから、なら一緒に出掛けないかって誘ったのよ」

「そうだったのか」

なんだ、ようやくマリアにも春が来たのかと思ったのに。

けどまあ、今まで男っ気が全くなかったマリアからしてみれば大きな進歩か。

今はまだ職場の同僚って立場でも、こうやって休日ごとに一緒に出掛けたりしていれば仲が進展するかもしれないしな。

そのとき「ギリッ！」っと何かを擦《こす》り付《つ》けるような音がした。

音のした方を見てみると、そこには歯を食いしばり、血涙を流しそうな顔をしたミランダがいた。

「ミ、ミランダ？　どうし……」

「休日に……」

「え？」

「休日に男と一緒ってだけで羨《うらや》ましいんだよ！　コンチクショウがっ！」

ミランダはそう言うと、グスグスと泣き始めた。

……ええ⁉

なんで泣くの⁉

「ちょ、ちょっとミランダ」

マリアも慌てて寄って来てミランダの背中を摩《さす》り始めた。

「うう……クリスティーナ様もご結婚されてしまうし、マリアは男友達と仲良さそうにしてるし……なんでアタシだけ……」

うわ、ミランダ、ガチ泣きしてる。

そんなに悔《くや》しかったのか……。

「わ、私もそんなんじゃないから。それに、ミランダにもいつか休日を一緒に過ごせる人ができるって」

「……マリアが上から目線になったぁ」

「ちょっ！　違うって言ってんでしょ‼」

ミランダを宥めたり怒ったり、マリアは忙しいな。

そんな二人を見ていると、カルタスさんがいつの間にか俺の側に寄ってきていた。

「シンさん、ちょっとエエですか？」

「はい？　なんですか？」

するとカルタスさんは、二人には聞こえないように声を潜《ひそ》めて話し始めた。

「マリアさんはああ言うてますけど、ホンマのところはどうなんですやろ？」

「本当のところって？」

俺がそう訊ね返すと、カルタスさんはマリアたちを見てさらに声を潜めた。

「マリアさん、脈なしですやろか？」

「！」

こ、これは……！

カルタスさん、もしかして本気か？

「え、ひょっとして、マリアのこと……」

俺もヒソヒソとそう言うと、カルタスさんはちょっと苦笑した。

「エエと思うんですけどねえ、マリアさん。可愛いし、仕事も真面目《まじめ》やし、なんで今まで彼氏が出来へんかったんか不思議なくらいですわ」

「それは……なんというか、男運が悪いというか、碌《ろく》なのが寄ってこないというか……」

マリア自身は男嫌いではない。

常々《つねづね》彼氏が欲しいと堂々と宣言しているし、俺たちなどパートナーがいる人間のことを羨ましそうに見ていることも多い。

しかし、マリアに声をかけてくる男は、結構非道《ひど》いナンパが多いんだよなあ。

そんなことを簡潔にカルタスさんに話すと、フムと少し考える素振りをした。

「ちゅうことは、性急にことを運ぶのは逆効果ですか？」

「でしょうね。彼氏は欲しいけど、ガッツいてるのは嫌いみたいですから」

そう言うと、カルタスさんはニコッと笑った。

「いやあ、エエ話が聞けましたわ」

「そ、そうですか？」

「ちょっと、男二人でなにコソコソ喋ってんのよ？」

丁度話が終わったころ、マリアが俺たちに声をかけてきた。

「ああ、シンさんに、アールスハイド王都でお薦《すす》めのスポットとか聞いとったんですわ」

「そ、そうそう！」

さっきまで話してたことをマリアに言うわけにもいかないので、カルタスさんの話に乗っかって話を合わせた。

「はあ？　シンって王都住まいだけど、そんな詳しくないでしょ？」

「う……」

しまった、いきなり破綻《はたん》した。

「だ、だから、聞かれても分かんないって謝ってたんだよ」

「いやあ、残念ですわ。男目線で面白いとことか知らんかと思ったんですけどねえ。っちゅうわけで、スンマセンけどマリアさん、引き続き案内お願いしていいですか？」
カ、カルタスさん……！
まさか、あの流れから自然とマリアに案内を頼むように持っていくとは！

カルタスさんって、元々メッチャ仕事できる人だし、これ、マリアは陥落《かんらく》させられてしまうんじゃ……。

ま、いいか。

それはそれでマリアにとってもいいことだろうしな。

……ミランダには申し訳ないけど……。

「そういえば、シンさんたちはお子さん連れてお散歩ですか？」

「あう」

カルタスさんは、俺たちの足元にいるシルバーに目をやり、頭を撫でながらそう訊ねてきた。

シルバーは、初めて会うカルタスさんを不思議そうな顔で見ていたが、頭を撫でてくれたことで良い人だと判断したらしい。

ニコニコしながらカルタスさんの手を受け入れていた。

「ああ、はい。公園まで散歩して、シルバーを遊ばせようかと思いまして」

「エエですなあ、幸せそうな家族団欒《かぞくだんらん》。僕も子供欲しなってきたなあ」

カルタスさんがそう言うと、マリアの顔がちょっと赤くなった。

……もう大分陥落してねえか？

ともかく、シルバーをあんまり待たせるのも悪いので、二人に声をかけてその場を離れることにした。

カフェが見えなくなると、ミランダが深い溜《た》め息《いき》を吐いた。

「うう……マリアの裏切り者めぇ……」

「あはは……」

ミランダの溢《こぼ》した言葉に、俺たちは苦笑しかできない。

今のところまだそういう関係にはなっていないみたいだけど、カルタスさんは本気みたいだし、そうなるのも時間の問題かもしれないな。

「騎士団にはそういう相手っていないのか？」

一応ミランダの思考の先を誘導しようとそう訊ねるが、俺の顔を見たミランダは、なにか渋いものを口に入れたような顔をしていた。

「……同期からは、相変わらず女に見られてない」

「そ、そうか……」

「じゃ、じゃあ、先輩とかは？　ミランダだって可愛いんだし、先輩はそんな風に見てこないでしょ？」

シシリーも俺に同調して話しかけるが、ミランダの表情は冴《さ》えない。

「先輩方は……なんというか、可愛がってはくれるのだが、異性に見られている気がしないんだ……」

「どういうこと？」

「なんというか……同期の他の女子を口説いてるのを見たことがあるけど、アタシはそんなのされたことないんだ……その同期の女子との扱いを比べると、アタシはなんていうか、妹扱いされてる感じがするっていうか……」

「「ああ……」」

実際に他の女子の扱いを見てしまって、自分との差が歴然と分かってしまったということか。

それにしても、なんでミランダだけ妹扱いなんだろ？

そのことを不思議に思っていると、意外なことにナターシャさんがその答えと思われることを話し始めた。

「恐《おそ》らく、ミランダの経歴のせいですね」

「え？」

予想外のことを言われたのか、ミランダがキョトンとした顔になった。

「聖女様の護衛を一緒にすることになってから、色々と調べさせてもらいました。一緒に仕事をするわけですから、為人《ひととなり》を知ることは必要でしょう？」

「そうですね」

「その際に、ミランダが学生の頃から御使い様たちと一緒に行動し、学生としては破格の実力を身に付け功績をあげていることを知りました。剣聖ミッシェル＝コーリング様のお弟子さんであるということも」

「へえ、そこまで調べたんですか」

凄い情報収集能力だな。

「聖女様に教えていただきました」

……知ってる人間に聞いただけだった。

「そして、あの魔人王戦役《まじんおうせんえき》で魔人王シュトロームに対し、御使い様たちと一緒に戦い勝利したことも」

「あ、あれは……アタシはただあの場にいただけで大して貢献《こうけん》は……」

ナターシャさんから告げられる内容に、ミランダは恥ずかしそうにしながらそんなことを言った。

「そんなことねえよ。実際スゲエ助かったし」

「そうですよ。謙遜《けんそん》しちゃダメだよミランダ」

「あう！」

俺とシシリーがミランダに謙遜するなと言うと、シルバーが訳も分からず同意してくる。

可愛い。

「貢献度合いがどうであれ、あの場にいたことは事実でしょう？　しかも、あの場にいた騎士は貴女《あなた》一人。騎士団としては、あの場に騎士が一人でもいたという事実が重要なのです。その結果、先輩方は貴女のことを騎士団の面子を保ってくれた人物として見ているのですよ」

「そ、そうなのか？」

「ええ。騎士団の方に聞きましたから間違いありません。同期の方は……やっかみですかね？」

「やっかみ？」

ミランダが意味が分からないという感じで首を傾げた。

その様子を見て、ナターシャさんは驚いて目を見開いた。

「貴女、本当に分かっていませんの？　騎士団入団前から先輩方にそういう目で見られていたことに加えて、今度は聖女様の護衛ですわよ？　騎士団に入団したばかりなのにそんな大抜擢《だいばってき》を受ければ、嫉妬《しっと》されるに決まっているではありませんか！」

ナターシャさんの言葉を聞いて、今度はミランダが目を見開いた。

「え？　アタシが選ばれたのって、元々シシリーと友達だったからじゃないの？」

そんなことを言うミランダに対し、ナターシャさんは今度は怒りを露《あらわ》にした。

「なにを言っているのですか貴女は！　聖女様の護衛ですのよ⁉　この世界で一番大事にお守りしなければいけない御方の護衛に、仲がいいだけで選ばれるわけないじゃありませんか！」

「そ、そうですか……」

ナターシャさんのあまりの剣幕《けんまく》に、ミランダが思わず敬語になってる。

……実は、俺もミランダと同じことを考えていたけど、黙っておこう。

隣を見ると、シシリーもびっくりした顔をしているので、俺と同じ考えをしてたな。

ミランダが護衛についてくれるっていうのを嬉しがっていたし。

「まあ、そんなわけでですね、ミランダは騎士団の先輩方からは、騎士団の面子《めんつ》を保ってくれた恩人と見られています。そんな恩人に手を出すのは憚《はばか》られるということで、結果的に妹的な扱いになっているんだと思いますよ」

「そうだったのか……」

自分に対する事実を知って、ミランダは喜んでいいのか女子扱いされていないことを嘆《なげ》いていいのか分からない、複雑な表情をしていた。

でもまあ、騎士団の先輩たちからは変な目で見られているわけじゃないんだな。

今は妹扱いでも、将来はどうなっているか分からないし、そんなに悲観しなくてもいいんじゃないだろうか？

「ところで、ナターシャさんが話を聞いた先輩って誰なんですか？　結構詳しいこと知ってるみたいですけど、そんな時間ありましたっけ？」

ナターシャさんは基本シシリーにべったり張り付いているものだと思っていたけど、いつの間にそんな情報収集をしたんだろう？

「クリスティーナ様に伺いました」

……また超身近なところが情報源だったよ。

でも、クリスねーちゃんなら騎士団の詳しい話も知っているし、ミランダのこともよく知っている。

情報収集するには最適な相手か。

「そういうわけですので、そんなに落ち込まなくてもいいんじゃありません？」

ナターシャさんがそう締めくくると、ミランダはさっきまでの落ち込んだ表情ではなくなっていた。

「そっか……ありがとうナターシャ」

「いえ、どういたしまして」

それにしても、ナターシャさんって落ち込んでる人を救い上げるのが上手いよなあ。

さすがは本職の聖職者ってことか。

普段はちょっとポンコツだから、こういう場面を見るとギャップで余計にそう思ってしまう。

そんな生温かい目でナターシャさんを見ていると、ミランダが爆弾を放り込んできやがった。

「ところで、ナターシャ自身はどうなんだ？」

その言葉を受けたナターシャさんの顔が、ピキリと固まった。

「わ、私は神子《みこ》ですから……」

「え？　神子さんって結婚できるんだよな？」

同意を求めるようにシシリーを見るミランダ。

いや！　シシリーじゃなくてナターシャさん見て！

顔に血管浮いてるから！

メッチャキレてるから‼

シシリーもナターシャさんの様子に気付いて顔が引きつってるよ！　気付いて！

この思い、ミランダに届け！

……と、祈るものの、その祈りはミランダに届かなかった。

「なあ、ナターシャ……」

「おりませんわよ！」

それは、魂の叫びだった。

「ええ、そうですわ！　今も、今までも恋人なんていたことありませんけど、それがなにか⁉」

「え……あ、ごめ……」

「来る日も来る日も国のために魔物を討伐し続けて……付いた渾名《あだな》が『野獣神子《やじゅうみこ》』の私にそんなお相手ができると思いまして⁉」

「す、すまない……知らなかったんだ……」

ミランダが必死に謝るけど、一度火のついたナターシャさんは止まらない。

「同期の中には、もう結婚して子供までいる子だっているのに！　なんで私にはなんもないのよ⁉　私だって、私だってえっ‼」

ナターシャさんはそう叫びながらしゃがみ込み、顔を両手で覆《おお》った。

今までそんな素振りを見せたことがなかったから知らなかったけど、ナターシャさんも彼氏が欲しかったんだなあ……。

そんなナターシャさんの気持ちが痛いほどわかるのか、ミランダが慈愛《じあい》の表情を浮かべてナターシャさんの肩を叩いた。

「ゴメン、ナターシャ。知らなかったとはいえ無神経なこと聞いたな」

「ミランダ……」

「アタシも頑張るからさ、ナターシャも頑張ろう？　そして、いつかきっと素敵な恋人を見つけようよ」

「ミランダァ……」

二人はそうして膝《ひざ》をついて抱き合い、涙を流し合った。

とても美しい光景だけど、内容はメッチャ残念なやり取りをしている二人。

そんな二人を見ていたシルバーが、トテトテと近付いていき、二人の頭を撫でた。

「よちよち」

シルバーに頭を撫でられた二人は、ハッとしてシルバーの顔を見た。

「……こうなったら」

「シルバー様でも……」

二人の目がヤバイ。

俺は咄嗟《とっさ》にシルバーを抱き抱えた。

「幼児になに言ってんだお前ら！」

「そうですよ！　年の差を考えて下さい！」

いやシシリーさん、そういう問題……でもあるのか。

どうやら錯乱《さくらん》している様子の二人をなんとか宥めて、ようやく散歩を再開させた。

はぁ……まだ公園にも辿《たど》り着いていないのに、もう疲れたよ……。

散歩の途中でマリアたちと出会い、ナターシャさんの心の闇を垣間《かいま》見てしまった俺たちだったが、ようやく目的地である公園に辿り着いた。

「はぁ、ようやく着いた」

「ほらシルバー、ママたちはここにいますから、お友達と遊んでいらっしゃい」

「あい！」

シシリーに促されたシルバーは、元気に返事をすると友達がいるところに向けて走り出した。

「あ、シシリー、一応アタシ、シルバーに付いてようか？」

「うーん、そうだね、じゃあお願いできる？　あ、別に交ざらなくていいから、側で見ているお母さんたちと一緒に見ていてあげて」

「分かった」

ミランダはそう言うと、シルバーを追いかけて行った。

シルバーが一緒に遊びだした子供たちの側で、見守っているお母さんたちに挨拶《あいさつ》しているのが見える。

シルバーはこの公園では、俺たちの子ってことで有名だからな、変な誤解はされないだろうけど、なんかミランダがワタワタしてる。

なんだろ？

「ふふ、きっと『貴女のお子さんの予定は？』とか聞かれてるんですよ」

「そうなの？」

「ええ、多分そうだと思いますよ。ほら、ミランダの顔が赤いですもん」

え、ちょっと離れてるけど見えるもんか？

シシリーとミランダの付き合いも、もう三年になるんだもんな。

ちょとした仕草《しぐさ》なんかでミランダの様子も分かるんだろう。

「私もシルバー様のお側についていたいのですけど……あのお母様方と単独でご一緒する勇気はまだありませんね……」

期《き》せずして、ナターシャさんもミランダと同じく彼氏がいないことが判明したので、あれやこれやと聞かれそうなご婦人方は苦手なんだろうなと想像できた。

まあ、ミランダもナターシャさんも、美人の部類に入るし、その内いい出会いがあるだろう。

最初は彼氏がいなかったユーリにも彼氏ができたし、彼氏なしの筆頭と思われていたマリアにも春が訪れそうな予感がする。

……まあ、マリアがそのチャンスを逃さなかったら、だけど……。

リンは相変わらず恋愛には興味がないようで、暇さえあれば魔法学術院に行って、魔法オタクたちとワイワイやっている。

なんか、リンはずっとそうしているような気がするな。

アリスに関しては分からん。

マリアと一緒になって、彼氏が欲しいけど出来ないって騒いでたけど、先日のアリスの態度から、ちょっと怪《あや》しいんじゃないかと思っている。

けど、ホントにそうなのか分かんないんだよなあ。

ただ単に興味があっただけかもしれないし。

それにしても、こうしていると改めて思う。

「……俺たちの関係って、随分変わったなあ」

「はい？　シン君、どうしたんですか？」

あ、思ったことを声に出しちゃってた。

「ああ、いや。最初はさ、俺らだけだったじゃん。俺らだけで学院で研究会作って、一緒になって魔法の研究をしてさ」

「そうですね」

「それが、今は俺とシシリーは結婚してさ、養子だけど子供がいて、今度は実の子が産まれてくる」

「ふふ。オリビアさんとエリーさんも、もうすぐお母さんですしね」

「トールとユリウスも結婚しただろ？　まだ子供ができたって話は聞かないけど、そう遠くないうちにそんな報告も聞けると思う」

「トニーさんとユーリさんは、まだ先だって言ってましたね」

「そうだったな。けど、こうやって、ただの同級生だったのに、結婚して子供ができて、また新しい出会いがあって」

「ナターシャさんたちともお友達になりましたしね」

「いつの間にか、同級生から夫婦同士になって、そのうち親同士になって……なんか、最近まで学生だったのに、随分と変わったなって……」

同じ年ごろの子供たちと遊ぶシルバーと、予想以上にやんちゃな子供たちに驚いたのかオロオロしているミランダを見ながらそう言うと、シシリーがそっと俺の手を握ってきた。

「素晴らしいことですよね。皆大人になって、家族を作って、その繋がりが広がっていく。きっと私たちの両親も、シン君のお爺様やお婆様も、そうやって繋がりを広げていったんだと思います」

「……誰も最初から親じゃないってことか」

「そうですね。私たちも、シルバーやこの子たちが誇れるような親にならないといけませんね。パパ」

シシリーはお腹を摩りながらそう言うと、ニッコリと微笑んだ。

慈愛に満ちたその表情を見て、俺も思わず微笑んだ。

「そうだな、ママ」

そうして俺たちは、見つめ合って微笑み合った。

「うう……素晴らしいです、聖女様、御使《みつか》い様」

すると俺たちの後ろにいたナターシャさんが、なぜか泣いていた。

「……なんで泣いてんですか？」

さめざめと涙を流すナターシャさんを見て、俺はドン引きしながら理由を聞いた。

「だって、今の聖女様と御使い様のご関係が、あまりにも素晴らしくてっ！　これを見て涙を流さない人間なんているはずがありません！」

「いや……沢山いるでしょ」

「あはは……」

なんで俺らを見て泣くんだよ、意味分かんねえよ。

まあ、ナターシャさんはシシリーや俺のことを若干神聖視してる節があるからなあ。

なにを見ても感動するんだろう。

なんだか水を差された気分になって、シシリーと苦笑し合ってシルバーたちを見守ることに専念しようとした。

だが……。

「あれ？　シルバーは？」

「そういえば……いませんね……」

子供たちの中にシルバーがいないことに気が付いた俺たちは、背筋に冷たいものが走る感覚に陥《おちい》った。

「ミ、ミランダは⁉」

そう思ってお母さん方がいる方を見てみると、お母さん方からの質問攻めに遭っていた。

ヤバイ！

シルバーたちを見てない！

もしかして、ちょっと目を離した隙にどこかに足を運んでしまったのだろうか？

今いるこの公園は、子供が遊べる遊具の他に広い芝生《しばふ》などがあり敷地面積は広い。

フラフラとどこかに行ってしまうと、迷子になることもある。

「さ、捜さないと！」

シシリーが慌ててベンチから立ち上がろうとするので、俺はそれを押しとどめた。

「シシリーはここで待ってて！　俺が捜してくる！」

「そんな！　シン君、私も……あれ？」

「え？　ん？」

シルバーを捜しに行こうとしたところで、シシリーが首を傾げた。

その視線の先を追うと……。

「シルバー！」

そこには、シルバーがトコトコとこちらに向かって歩いてくる姿が見えた。

良かった！　迷子になってたんじゃなかった！

シルバーの姿を見て安堵《あんど》した俺は、すぐにシルバーのもとに走って行った。

「どこに行ってたんだシルバー！」

俺たちの姿が見えない場所に行ってはいけないと、あれほど言っていたのに。

これは叱《しか》らないといけないなと思っていると、シルバーは真っすぐ俺のほうに歩いてきて、ギュッと俺の手を握った。

「ぱぱ！　ありちゃ！　あっち！」

「え？　蟻《あり》さん？」

「ちあう！　ままっ‼」

俺の手を握ってなにかを訴えてくるシルバーだったが、今一なにを伝えたいのかが分からない。

首を傾げていると、焦《じ》れたのか今度はシシリーを呼んだ。

「え？　ああ、はい。なんですかシルバー？」

呼ばれたシシリーは、ベンチから立ち上がり俺たちのところへやってくる。

「ありちゃ！　あっち！」

「蟻さん？」

「んーっ！」

一向に話が伝わらないことに苛立ったシルバーが、足をダンダンと踏み鳴らす。

え？　なに？

「あっち！」

どうしても理解しない俺たちに痺《しび》れを切らしたシルバーは、俺とシシリーの手を取り、引っ張るように歩き始めた。

「どうした？　なにかあったのか？」

「シルバー？」

どうしたのかと問い掛けるが、答えてくれない。

な、なんで返事してくれないの？

……これが反抗期か……。

そう思って絶望していたが、一緒についてきたナターシャさんは冷静だった。

「恐らく、話が通じないと思って、言葉で言うより見せた方が早いと思ったのではないですか？」

……そ、そうだな！

分かってましたよ？

ともかく、シルバーがなにか俺たちに見せたいものがあるらしいので、大人しく手を引かれて行った。

そして、連れて行かれた先には……。

「にゃっ、にゃあっ⁉　なんで連れてくるのシルバー⁉　シーッて言ったじゃん‼」

「ん？」

とても聞きなれた声が聞こえた。

「ぱぱ、まま、ありちゃ」

そう言って示す先には……アリスがいた。

ありちゃって、アリスちゃんって言いたかったのか。

アリスは、芝生の上に敷物を敷いて座り、その上にはお弁当が広げられている。

そして、その敷物の上にはもう一人の人物がいた。

それは……。

「お、お兄様⁉」

「やあ、シシリー。奇遇だね」

シシリーの実の兄、ロイスさんだった。

ええ⁉

マジで⁉

◆

時間は少し遡《さかのぼ》る。

いつものように、皆とボール遊びをしていたシルバーは両親の言いつけを守り、必ず二人が見える場所で遊んでいた。

近くによその子の親がいるけれども、シルバーが信頼しているのはシンとシシリーの両親のみ。

だが、二人が言うことは絶対に守らないといけないと、言いつけをちゃんと守っていた。

何事にもイレギュラーは存在する。

友達の一人が投げたボールが、シルバーの頭上を越えて行ってしまったのだ。

「ごめーん！」

「だいじょーぶ！」

謝る友達に対し、シルバーは問題ないとボールを追いかけていく。

このときのシルバーの目にはボールしか見えておらず、両親の姿が見えなくなっていることに気付いていなかった。

ボールが転がっていってしまったので、しょうがないのである。

やがてボールに追いついたシルバーは、元の場所に戻ろうとしたが、ある光景が目に入った。

それは、知っている人がご飯を食べている様子だった。

そういえば、シルバーはまだご飯を食べていない。

公園から帰ったらお昼ごはんになるからだ。

知ってる人がご飯を食べていたので、ついシルバーはフラフラとそちらの方へと吸い寄せられるように歩いて行ってしまう。

そして、その人物のもとに辿り着いた。

「ありちゃ！」

「え？　わあっ！　シ、シルバー⁉」

「あれ？　本当だ、こんにちはシルバー」

「おーたん！　こんちゃ！」

　そこにいたのは、両親の友人で時折遊び相手になってくれるアリスおねえちゃんと、母であるシシリーの兄であるロイス叔父《おじ》さんだった。

「おーたん、ありちゃ、ごあん？」

「え？　うん、そうだよ。シルバーは遊びに来てるの？」

「うん。ぱぱとままといっしょ！」

「二人もいるのか……そりゃ当然か」

　そう言ってアリスは天を見上げた。

　ここはどうしてもシルバーに引き下がってもらうしかない。

　しかし、シルバーの視線は、アリスたちの食べているごはん……お弁当に釘付けである。

　さてどうしようとアリスが思案していると、叔父であるロイスがシルバーの頭を撫でながら言った。

「シルバー、お昼ごはんはなんだろうね？」

「う？　わかんない」

「お昼はママが作ってくれるの？」

「えっと、こえうとかままとか」

「こえう？」

シルバーがなにを言っているのか分からなかったロイスは首を傾げるが、心当たりのあったアリスが補足した。

「コレルさんのことだと思うよ。ウォルフォード家の料理長」

「ああ。シルバー、ここでご飯を食べて、おうちでもご飯を食べられるかい？」

「たべれる！」

「本当に？」

「いっぱいたべる！」

「そっか。でもね、もし食べきれなかったら？」

「う？」

「ママが、せっかくシルバーのために作ってくれたご飯を残しちゃったら、ママ悲しむと思うな」

「……まま、ないちゃう？」

「そうだねえ。泣いちゃうかもしれないなあ」

ロイスがそう言うと、シルバーは少し悲しい顔をしたあとロイスに言った。

「かえってたべゆ！」

「そうだね。偉いぞシルバー」

「えへへ」

なんとか視線をお弁当から引きはがすことに成功したロイスは、シルバーの頭を偉い偉いと言いながら撫でる。

褒められてご機嫌なシルバーはニコニコしている。

「じゃあ、ママたちが心配してるだろうから、そろそろ戻りなさい」

「あ！　ぱぱ、まま、見えない！」

言いつけを破ってしまったことをようやく自覚したシルバーは、慌ててボールを持って元の場所に戻ろうとした。

「ありちゃ！　おーたん！　ばいばい！」

そう言って駆け出したシルバーの背に向かって、アリスが声をかけた。

「あ！　シルバー！　パパとママにはシーッ！　だよっ！」

「あい！」

走りながらもハッキリとそう返事したシルバーを見て、アリスはホッと息を吐いた。

こんなところ、あの二人に見られたら、きっと只《ただ》じゃすまない。

シルバーは頭のいい子だから、きっと大丈夫だろう。

そう油断していた。

アリスは忘れていたのである。

どんなにお利口《りこう》で頭がよくても、シルバーは所詮《しょせん》二歳児であることを。

一方のシルバーは、トテトテと皆のもとに戻ってきた。

「おそーい！」

「なにしてんだよ」

「ごめーん」

シルバーはそう言ってボールを離れたところから投げ、自分は歩いて皆と合流しようと思った。

そうしてトテトテと歩いていると、父がこちらに向かって来ているのが目に入った。

シルバーは咄嗟に思った。

パパとママが見えないところに行ったから怒られる！

そう思ったシルバーは、アリスに弁解してもらおうと考えた。

このときすでに、内緒にしてというアリスの言葉は綺麗《きれい》さっぱり忘れている。

パパとママのお友達であるアリスの言うことならきっと納得してもらえると考えたシルバーは、一生懸命それを伝えようとするが、中々伝わらない。

しょうがないので、両親の手を引っ張って、アリスたちのもとへと向かったのである。

まさか、シルバーがお願いを無視してシンとシシリーを連れてくるとは夢にも思っていなかったアリスは、奇妙な叫び声をあげてしまったのだった。

◆

「え？　アリスさん？　お兄様？　え？　これは一体……」

「休日の公園……お弁当……へえ」

「あ、いや、これはっ！」

アリスと一緒にいるのが自分の兄という状況に、シシリーは混乱してしまっているようだ。

かくいう俺は、この状況を見てついニヤニヤしてしまった。

必死に弁解しようとしているアリスを見て、さらに確信を深めてしまう。

アリスはなんとか誤魔化そうとしているので、アリスじゃなくもう一方に事情聴取してみよう。

「こんにちはお義兄《にい》さん」

「やあ、シン君。こんにちは。今日はいい天気だね」

「そうですね。絶好のピクニック日和です」

「あはは、そうだねえ」

真っ赤になってアタフタしているアリスと違って、ロイスお義兄さんは随分と余裕そうだ。

「シン君たちもそちらに座りなよ。特にシシリーは妊婦なんだから、無茶しちゃだめだよ」

「あ、はい。ありがとうございます、お兄様」

「うん。あ、シルバーにお弁当を食べさせてやってもいいかい？」

「え？　ああ、少しなら構いませんよ」

「ありがとう。さあシルバー、ママのお許しが出たから、どれか一つだけ食べていいよ」

「ええー、ひとちゅ？」

「そう一つ。帰ってママのご飯、食べるだろ？」

ロイスお義兄さんがそう言うと、シルバーはシシリーの顔をジッと見つめたあと、ロイスお義兄さんに向かって言った。

「うん、たべゆ」

「じゃあ、お腹いっぱいにならないように一つだけね」

「あい！　ひとちゅ、たべゆ！」

シルバーはそう言うと、真剣な顔をしてお弁当のおかずを吟味《ぎんみ》し始めた。

凄い。完全にシルバーをコントロールしてる。

「お義兄さん。前に遊びに来たときも思いましたけど、子守り上手いですねえ」

「あはは。僕は下に三人も妹がいるからねえ。小さい子の子守りは慣れてるんだよ」

そういえばそうか。

ロイスお義兄さんにはセシリアさん、シルビアさんとシシリーという三人の妹がいる。

特にシシリーとロイスお義兄さんとは少し歳が離れているので、よく面倒を見ていたのかもしれないな。

「それで、どうして二人揃ってここに？　ひょっとして、俺の想像通りですか？」

俺がそう言うと、ロイスお義兄さんは「あはは」と言いながら頭を掻《か》き、アリスは真っ赤になって俯《うつむ》いてしまった。

誰だ、これ？

アリスか。

え？　アリス⁉

「うふふ。可愛いですね、アリスさん」

「なっ⁉　シシリー⁉」

シシリーに揶揄《からか》われるとは思ってもいなかったのか、アリスが真っ赤な顔のままシシリーに抗議した。

それが、なおさら俺の想像通りだと肯定《こうてい》していた。

「いやあ、まさかお二人がとは思いませんでした。どういう経緯なんです？」

今まで、アリスとロイスお義兄さんとに接点があったとは聞いていない。

なにがどうやって二人がくっついたのか、非常に興味がある。

すると、ロイスお義兄さんが微笑みながら説明してくれた。

「ああ、ほら。僕、ウォルフォード商会の専務やってるでしょ？　で、社長はグレンさんで」

「あ、ああ。そういやそうだった」

アリスはアルティメット・マジシャンズのメンバー。グレンさんはウォルフォード商会の社長という目で見ていたから、二人が親子だってこと、すっかり忘れていた。

そうか、そこの繋がりか。

「役職柄、社長のお宅、つまりアリスちゃんのお宅に行くことも多くてね。そこで何度か会って話してるうちに意気投合して、一緒に遊びに行くようになって……って経緯かな。そんな珍しい話じゃないでしょ？」

「そうですね。珍しい話じゃないです。それが、アリスじゃなければ……」

「うう……な、なんだよう！」

つい数ヶ月前まで、あたしらに彼氏ができるのか？　もしかして一生このままなんじゃと嘆いていたアリスが、まさかこんなことになってるとは夢にも思わないじゃん。

あまりにも意外過ぎて、未《いま》だに信じられ……。

ズシャッ！

とそこで、芝生が削れる音がした。

なんだ？　と音のした方を見ると……。

「ミランダ……」

またミランダだった。

俺たちがいなくなって、慌てて俺たちを捜したんだろう。

で、俺たちを見つけて走ってここに来てみたら、アリスがロイスお義兄さんと仲良くピクニックをしていたと。

そして、走ってきた勢いそのまま芝生に倒れ込んだってとこか。

なにやってんだか。

「アリスっ……お前までっ！」

「うわっ、ミランダ⁉」

「お前っ！　この状況は言い逃れできないぞ⁉　まさかお前までたまたま時間が合ったからとか言うんじゃないだろうな⁉」

「え？　い、言わないけどさ……ちょっ！　なんでそんな凄い目で睨んでくるんだよ、ミランダ！　っていうか、お前まで？」

まるで自分以外にそういう言い訳をしたやつがいたかのような言いように、アリスが首を傾げた。

するとミランダは、物凄く苦い顔をして、顔を背《そむ》けながらいった。

「……マリアも男と一緒にいた……」

「え⁉ うそっ⁉ え、誰⁉」

アリスはそう訊ねるが、ミランダは答えない。

ああ、そういや、ミランダとカルタスさんって、面識はあるけどあんま喋ったことないんだっけ。

「カルタスさんだよ。なんか、休日に空《あ》いてる人間がいなかったから偶々《たまたま》誘ったって言ってたけどな」

「ええ？ 絶対嘘だよ、それ。もっと問い詰めた方がいいって」

「そんなことしたら、逆に色々突っ込まれるぞ？」

俺がアリスにそう言ったところ、アリスは赤い顔をして顔を背けつつも拒絶反応を示さなかった。

おっと、これは……。

「べ……別にいいよ。もう現場押さえられちゃったし、いつまでも隠し通せるもんじゃないし……」

アリスは、チラチラと俺たちを見ながらそう言った。

え？

誰だ、これ？

アリスか。

え？　アリス？

まさか、アリスがこんな可愛らしい反応をするとは夢にも思わなかった！

「ああっ！　認めた!!　認めやがったコンチクショウ!!」

ミランダは、膝《ひざ》をついたまま芝生をダンダンと叩いて慟哭《どうこく》した。

……そんなに悔しかったのか……。

さっきナターシャさんと、一緒に頑張ろうって言い合ったばっかりなのになあ……。

やっぱり、現実として周りから置いて行かれると、焦《あせ》るし悔しいんだろう。

そんなミランダの姿を見て同情を禁じえずにいたのだが、シシリーは別のことに着目していた。

「まあっ！　ということは、近々発表があるんですか？　お兄様!?」

シシリーは目を輝かせて、ロイスお義兄さんにそう詰め寄っていた。

っていうか、発表？

「シシリー、どういうこと？」

ロイスお義兄さんとアリスがお付き合いしてますって発表すんの？

俺がそう言うと、シシリーは「いいえ」と首を振って否定した。

「ロイスお兄様は、クロード子爵家の長男です。お父様も、お兄様なら問題ないとして、次の当主はお兄様であると、すでに決定してるんです」

「へえ、そりゃ初耳だ」

アールスハイドの貴族はちょっと特殊で、長男だからといって家督《かとく》を継げない。

ちゃんと優秀で、問題なく領地経営ができると判断されなければ後継者にはなれない。

それは王族も同様である。

それが、ロイスお義兄さんはすでに次期子爵として認められているという。

これは結構凄いことだ。

ウォルフォード商会での実績が認められたのかな？

だが、どうも話の論点はそこではないらしい。

「つまり、お兄様は子爵家の後継者として義務があります。それは、結婚して子供を作ることです」

「結婚……ああ、そういうことか」

「はい。お付き合いをしていることを発表するのではなく『婚約』を発表するのです」

「こっ！　婚約ぅっ⁉」

同類であったはずのアリスが、男女交際をしているだけじゃなく婚約までしようとしていることを知ったミランダは、芝生の上に座り込んで呆然と空を見上げていた。

……しばらくそっとしておいた方がいいかな。

その驚愕の元になったアリスは、なぜかしどろもどろになっている。

「アリスさん？」

「！」

「お兄様？」

「あはは。ゴメンねえ。実はまだ婚約まではしてないんだよ」

ロイスお義兄さんのその言葉に、シシリーは凍り付いた。

そして、キッと睨み付けた。

「まさか、お兄様！　お兄様はアリスさんとは遊びのつもりなんですか⁉」

ロイスお義兄さんはシシリーの実の兄だけど、アリスは学生時代から苦楽を共にしてきた仲間だ。

そんな仲間が身内の遊び相手にさせられる。

シシリーとしては、身内の方こそ許せないんだろう。

なので、ロイスお義兄さんに凄い剣幕で怒っている。

だが、ロイスお義兄さんの方は、必死に弁解をしている。

「違う違う！　僕は本気だよ！」

「じゃあ、なんでですか⁉」

「プロポーズはしたけど、まだ返事を貰ってないんだよ!!」

そう叫ぶロイスお義兄さんと、もう頭から湯気《ゆげ》が出そうなほど真っ赤になっているアリス。

そうかあ、もうそこまで進んでたかあ。

……全然知らなかった……。

でも、あ、だからか。

「アリスが、オーグに貴族と平民の結婚について聞いてたのって、これが原因か？」

あの時、アルティメット・マジシャンズの事務所で、アリスが珍しい態度でオーグに質問していたからよく覚えてる。

「シン君。アリスちゃんが、殿下《でんか》に相談してたって？」

「ええ。貴族の男性と平民の女性が結婚することに問題はないのかって、大分前ですけど聞いてました」

「それっていつ頃？」

「エリー襲撃《しゅうげき》事件の何日か前ですね」

俺がそう言うと、ロイスお義兄さんはなんか感動したように眼を潤《うる》ませた。

「僕がプロポーズしたのは最近なのに、そんなに前から考えてくれていたんだね？　嬉しいよ」

ロイスお義兄さんの素直な言葉に、アリスはまたしても照れて縮こまっている。

「それで……もう一度聞かせてくれないかい？　アリスちゃん、僕と、結婚してくれませんか？」

ロイスお義兄さんが真剣な顔でアリスの手を取りながらそう言うと、アリスは……。

「……～っ！　は、はいぃ……」

恥ずかしさのあまり俯きながらも、しっかりと了承したのだった。

「わあっ！　おめでとうございます、お兄様！　アリスさん！」

「あはは、ありがとうシシリー」

「あぅ、あぅ」

シシリーの素直な祝福に、ロイスお義兄さんはにこやかに対応し、アリスは脳の許容量がオーバーしたのか「あぅ、あぅ」としか言わない。

「お義兄さん、おめでとうございます」

「うん。ありがとう」

「アリスも、おめでとう」

「ふぇ？」

未だ呆《ほう》けているアリスを見て、俺はちょっとしたいたずらを思い付いた。

「そうかあ、これでアリスは子爵夫人になるんだなあ」

俺がそう言うと、今まで呆けていたアリスの意識が戻ったようで、幸せそうな顔から、今度は一転し、絶望に落とされた顔をしている。

まるで、今思い出したって顔してんな。

「思い出した……そうじゃん、これ受けちゃったらあたし貴族になるんじゃん！」

「そうですね。お兄様は子爵家を継ぐことが決まってますから、アリスさんは将来の子爵夫人ということになります」

「ええ⁉　どうしよう⁉　こんな平民の女がって言われたりしない⁉」

アリスが気にしてるのはそこか。

でも、それは杞憂《きゆう》じゃないかな？

「なにも問題ございませんよアリス様。アリス様はアルティメット・マジシャンズのメンバーで救国の英雄でございます。祝福する者は数多くいても、非難する者などいるはずもありません。もし、アリス様を非難するような方がいたら、貴族として失格ですね」

「なんで？」

心配事が一蹴《いっしゅう》されたからか、アリスはさっきまでの動揺は見せず、素直にナターシャさんに聞き返している。

「すでに貴族である方はいいのですが、アルティメット・マジシャンズから新たに貴族に叙《じょ》するには少々問題がございます。アルティメット・マジシャンズという最高戦力を、一国が抱え込むのかと言われる可能性がありますので」

「あ、シン君が貴族になれない理由ってやつだ」

「御使い様だけではございませんよ。それはアリス様や他の平民のメンバーの方も同様です。それが、婚姻によって貴族に迎え入れられるのです。これを非難するなど、国を憂《うれ》う貴族の風上にもおけません。もし非難するような方がいたら、それを耳にした方々は非難した方とのお付き合いをお止めになるでしょうね」

「ほぇぇ」

スラスラと説明するナターシャさんを、アリスはポカンとした顔で見ている。

俺もびっくりした。

ナターシャさんって、聖職者なだけじゃねえんだ。

俺が意外そうな顔で見ていたからか、ナターシャさんは今までの経験から、自ら語りだした。

「言っておきますけど、我が家はイースでは枢機卿《すうききょう》の地位にあります。イースの枢機卿とは、この国における貴族のようなもの。このような心得くらい当然身に付けております」

『はあぁ』

普段はあんなにポンコツなのに、なんで実はこんな超ハイスペックなんだろう、ナターシャさん。

突《つ》っ伏《ぷ》しているミランダを除き、全員で感心したようにナターシャさんを見ていると、コホンと咳払いをして話を続けた。

「アリス様が心配なさるべきなのは、そこではございません」

「え？　やっぱり心配しなきゃいけないことがあるの？」

「はい。心配、というより身に付けなければいけないことがございます」

「なにそれ？」

「貴族のマナーです」

「⁉」

サラッとナターシャさんが言った言葉に、アリスは目を真ん丸に見開いた。

「アリス様が出自で侮《あなど》られることはありえないでしょう。ですが、マナーが出来ておりませんといらぬ誹《そし》りを受ける可能性はございます」

「ええ？　貴族になるのは反対しないのに？」

「そうです。アリス様も、ルールを守らない人が近くにいたら好い気はしませんよね？」

「それはまあ、そうだね」

「それと同じでございます。皆が守っているルールを守らず好き勝手に振る舞われますと『乱暴者』『野蛮人《やばんじん》』『粗忽者《そこつもの》』との誹りを受けるのです」

……やけに具体的な例を挙げたな。

そういえば……ナターシャさんって、イースでは……。

「やじゅうみ……」

「と、とにかく！　そういうことですので！　アリス様が心配なさるのは、マナーを覚えることだけで十分でございます！」

「あ、はい！」

アリスは突然大声を出したナターシャさんの声に反射的に敬礼した。

急に言われたら、そら驚くよな。

っていうか、なんで……。

「御使い様」

「あ、はい」

ナターシャさんは、笑顔ながら有無《うむ》を言わせぬ圧力を纏いながら俺に話しかけた。

拒否する選択肢はない。

「先ほどの……アレは内緒にして下さいませ」

「アレ？　ああ、やじゅ……」

「御使い様!!」

「あ、ゴメン」

野獣神子なんて渾名、さすがに気に入らないか。

無神経に言いそうになってしまった。

反省しないと。

俺がナターシャさんに怒られている横で、アリスは決意の籠《こ》もった目でシシリーに話しかけていた。

「あのさ、シシリー」

「はい？　なんですか？」

真面目な顔のアリスに、シシリーも真剣に応対する。

「あたしにさ、貴族のマナー、教えてくんない？」

真剣に、真面目にそうお願いするアリスに、シシリーはフッと笑みを溢すと、ゆっくりと頷いた。

「ええ、もちろんです。お兄様のお嫁さんになるということは、私にとって義姉《あね》になるということです。ビシバシいきますよ？　お義姉様《ねえさま》？」

「お、お義姉様ぁっ⁉」

ああ、そうか。

ロイスお義兄さんの嫁になるんだから、アリスは義姉《あね》になるのか。

「これからもよろしくな、お義姉さん」

「そうですね。お義姉様」

「ありちゃ？」

「うわあんっ！　シルバーだけが味方だよおっ！」

あ、ちょっと揶揄い過ぎたか。

反応が面白くてお義姉さんって連呼してたら、いつも通りの言い方をしたシルバーに泣きついた。

「あはは、ゴメンって。あ、そういやさ」

「うう、なにさ？」

「シシリーに貴族のマナーを教えてもらうってのは、一番いいとは思うけど、一応もっと身近に貴族の女子いるじゃん」

「ああ、マリア？」

「そう。そっちの方が時間の融通とかつきそうなのに、なんでシシリー？」

ひょっとしたらマリアにもお願いしに行くかもしれないけど、さっきの雰囲気《ふんいき》だとどうもシシリーに専属で教えてもらおうとしているように思えてならない。

なので聞いてみると、アリスはなんてことないように言った。

「ああ、だってさ、マリアに教えてもらうと大雑把そうなんだもん」

……。

「つく！」

「ぷふっ」

「あはは！　確かにマリアは大雑把そうだ！」

あまりの言葉に、笑っちゃ駄目だとは思いつつも、俺もシシリーも笑いを溢してしまった。

ミランダに至っては、先まで芝生の上に膝をついていたのに、起き上がって大爆笑している。

どうやら、精神的ダメージから立ち直ったようだ。

これで、アリスは目の前で婚約が成立して、マリアは進展がありそうだ。

あとは、ミランダとナターシャさんにも良い縁があればいいな。

そんなことを思った休日だった。

◆

アリスとロイスお義兄さんの婚約が発表されたとき、アールスハイド中が震撼《しんかん》した。

その小さな体型から、アリスはアルティメット・マジシャンズのマスコット的存在と周りにはみなされていた。

実際は、戦闘大好きな戦闘民族なんだけども……。

そんなアリスと婚約したロイスお義兄さんは、しばらく小児性愛者なのでは？　との不名誉な噂が流されてしまったのだ。

これに怒ったのがシシリーだった。

その噂を患者《かんじゃ》さんから聞いたシシリーが、兄のことを小児性愛者と呼ぶなど許せません！　と治療院での治療中に大声で言ったもんだから、あっという間にアールスハイド中に、ロイスお義兄さんを小児性愛者と言う奴を聖女様は許さないという噂が駆け巡った。

その結果、内心はどう思っているかは分からないが、その話題は一切人の口に上らなくなったという。

聖女様のご威光《いこう》、スゲエって思った。

当然、俺も怒ったけどね。

普段温厚《おんこう》で聖女というか聖母のように見られているシシリーが怒ったもんだから、一時アールスハイドの一部がパニックになったほどだった。

ともあれ、そんな騒動を巻き起こしつつも、クロード子爵家はシシリーの結婚と妊娠に次ぐ慶事《けいじ》となった。

当然、クロード子爵家は大喜びだったのだが、良いことばかりではなかった。

クロード子爵家の領地経営は潔白《けっぱく》で、また聖女様効果で領地の温泉街は今までにない賑《にぎ》わいとなり、税収もうなぎ登りなんだそうで、実は伯爵への陞爵《しょうしゃく》がなされる予定だったんだそうだが、これでクロード子爵家所縁のアルティメット・マジシャンズが三人目となったことで、あまりに一部に権力を集中させるのはどうか、との声が上がり、陞爵が見送られてしまったのだ。

もっとも、それを言い出したのは現当主であるセシルさんで、ディスおじさんも理由が納得できるのでしばらく子爵家のままになった。

アリスはそのことに責任を感じていたようだったけど、セシルさんが全く気にしていない様子だったので、気にしないようにした、と言っていた。

代わりと言ってはなんだが、トールのとこの男爵家が、子爵家に陞爵した。

有名ブランドの本店が軒《のき》を連ねる領地である。

元々、陞爵されるのも時間の問題と思われていたので、特にどこからも反対の声などは上がらなかった。

年末は、そんな感じでバタバタしていたし、例年通り俺たちとマリアの合同誕生会も行ったし、クリスねーちゃんが出産したりしたので、あっという間に年が明けてしまった。

ちなみに、クリスねーちゃんが産んだのはクリスねーちゃん似の男の子だった。

産まれてから早速、この子には魔法を教える！　いや剣術を教えると、ジークにーちゃんとクリスねーちゃんで喧嘩になっているらしい。

……どっちも教えたらいいんじゃね？

まあ、そんなこともあったけど、年が明けたらもうシシリーは八ヶ月。

お腹は真ん丸に膨らんで、移動するのも大変そうだ。

シルバーは、ママのお腹がどんどん大きくなっていくことが不思議なようで、よくお腹に触っている。

時折、お腹の子がお腹を蹴ると、ビクッとして手を離す。

「まま！　うごいた！」

毎度毎度、お腹の子が動くたびにそんなことを繰り返すシルバー。

何度も言い聞かせたので、自分がお兄ちゃんになることはもう理解している。

「ふふ、元気な子だねシルバー。赤ちゃんが産まれたら、いっぱい遊んであげてね、お兄ちゃん」

そう言われるたびに、シルバーは目を輝かせ「うん！」と大きく頷くのだ。

もう、これだけでシルバーが良い子だって分かるよな。

お腹の子に嫉妬もせず、お兄ちゃんになれる日を心待ちにしている。

そして、シシリーのお腹が大きくなっているということは、オリビアとエリーのお腹も同様ということだ。

「おはようございます、シシリーさん！」

「うう……お腹が重たいですわ……」

うちに集まる妊婦たち。

オリビアは元気だけど、エリーは動くのが億劫そうだ。

「なんだよ、情けないな、エリー」

「あなたたちと違って、私は正真正銘の一般人ですのよ⁉　どちらかというと、一般人より体力には自信がありませんわ！」

「いや、そんなこと大声で言うことかよ……」

「言いますわよ。そして、十分にご理解くださいませ」

もうすぐ臨月を迎えるので、家で大人しくしていてもいいんだけど、家や部屋に一人でいても暇でしょうがないとのことなので、二人は毎日うちに遊びに来る。

シシリーも、臨月が近くなってきたので、またアルティメット・マジシャンズを休職している。

まあ、産休だな。

「いらっしゃいませ、エリーさん、オリビアさん」

二人を、ニコニコと受け入れたシシリーは、シルバーと共にリビングで過ごしている。

シルバーの目の前には、ママであるシシリーと同じようにお腹の大きい人が二人。

最近のシルバーは、シシリーのお腹の子のお兄ちゃんになることを楽しみにしている。

すると、こういうことが起きたそうなのだ。

俺がアルティメット・マジシャンズの活動で外出していたとき、大きなお腹のオリビアとエリーを見て、シルバーが首を傾げた。

「おねちゃもあかちゃん？」

二人のお腹を撫でながらそう訊ねたシルバーに、オリビアとエリーは二人揃って肯定した。

「うん、そうだよ」

「ええ。私もあなたのお母様と同じで、赤ちゃんを産みますわ」

「おお……」

二人の言葉に、凄く納得したような顔になったシルバーは、しばらく二人のお腹を眺めたあと、急にこう言ったのだ。

「じゃあ、このこもおにちゃ！」

「「ん?」」

最初はなにを言っているのか分からなかったらしいが、シルバーはトコトコとシシリーのもとに行き、そのお腹を撫でながら「ぼく、このこのおにちゃ!」と言った。

そして、二人のお腹を指差し「このこもおにちゃ!」と言ったのだ。

それを聞いた三人は、しばらく考えたあと、ようやく理解した。

シルバーは『僕は、この子たちのお兄ちゃんにもなる!』そう言ったのだと。

その発言を聞いた三人、特にオリビアとエリーは感激していたという。

もうすぐ、シルバーは三人の子のお兄ちゃんになる。

それを自覚したのか、その日を境に急にしっかりし出した。

シシリーや爺さん、ばあちゃんのお手伝いをし、マリーカさんたちにもお手伝いはありませんかと訊ねて回る。

その姿は正しくお兄ちゃんで、家中皆で感涙にむせんだのであった。

はぁ……マジでええ子や……。

そんなこんながありつつ、時は流れて二月。

いよいよ出産月である。

三人とも、いつ生まれてもおかしくない状態になってきたので、女医さんが常に近くにいる。

エリーは王太子妃なので、当然王城内に女医さんが何人も詰めている。

うちもそこそこ大きい家なので自宅に女医さんを招いているのだが、オリビアのところは女医さんを呼べるだけのスペース的余裕がない。

なので、オリビアは実はウォルフォード家に泊まっていたりする。

客室は余っているので問題ない。

そうして、今か今かと思いながら依頼をこなしていた時だった。

不意に、俺の無線通信機が鳴った。

シシリーが産休で休みの今、これが鳴るということは治療院からの依頼が来たのかと思った。

そう思って無線通信機に出ると、違っていた。

『シン！　今どこだい⁉』

「え？　ばあちゃん？」

無線通信機の向こうから聞こえてきたのは、ばあちゃんの声だった。

依頼中にかけてくることは珍しいので、一体なんだと思ったが、すぐに気付いた。

「え？　まさか⁉　産まれたの⁉」

『今陣痛が始まったばかりさ！　まだ時間は掛かるけど、依頼を終えたらとにかく早く帰っておいで！』

「あ、ああ！　分かった！」

陣痛……ああ、いよいよだ。

この世界の出産は、実はそれほど危険なものじゃない。

むしろ、前世よりも安全かもしれない。

治癒魔法があるからだ。

魔法をかけながら出産するため、出産による事故は起こり辛く、出産時の死亡率は凄く低い。

けど、全くリスクがないわけじゃない。

早く家に帰らないと！

俺はそう思って、超特急で依頼を終わらせると、お食事でもと依頼人さんたちから誘われるのを断って、急いで事務所に帰った。

いつもより早い帰還に、どうしましたか？　と聞かれたので、シシリーが産気付いたからすぐ帰ってきた旨を話した。

すると、事務員さんたちは「おおっ」と盛り上がり、カルタスさんには「明日と明後日はシンさんのスケジュール空けときますんで、家でシシリーさんに付いといたってください」と言われ、急に二日間の休みを貰ってしまった。

こんな緊急事態にもかかわらず、すぐに対応できるなんて……やっぱりカルタスさんは仕事ができる。

　そういえば、あれ以降進捗状況《しんちょくじょうきょう》を聞いてないんだけど、マリアとはどうなったんだろうか？

　気になるけど、今はそれどころじゃない。

　ゲートを自宅に繋ぎ、それを潜る。

　潜った先の自宅は、意外なほどひっそりとしていた。

「あ、あれ？　シシリーは？」

　思わずそう呟くと、待ち構えていたマリーカさんに声をかけられた。

「お帰りなさいませ旦那様《だんなさま》。奥様は寝室で出産中です。女医様や産婆様、大奥様もお部屋にいらっしゃるので、お部屋の外でお待ちください」

「あ、はい」

　そう言われたので寝室に向かうと、爺さんが部屋の前に椅子《いす》を置いて座っていた。

「じいちゃん」

「ん、おお、シンか。お帰り」

「ただいま。えっと、今どういう状況？」

「大分前に産気付いての。すぐに部屋に入ったのじゃが……はぁ」

　爺さんはそう言うと、深い溜め息を吐いた。

「出産に立ち会うのはこれで二回目じゃが、何度経験しても落ち着かんの」

「そうだね……ねえじいちゃん、俺になんかできることないかな？」

「シンにか……どうじゃろうなあ」

爺さんとそんな会話をしていたときだった。

『あああああああっ!!!!』

今まで聞いたことがない、シシリーの絶叫が聞こえた。

その声を聞いた瞬間、俺は反射的に寝室のドアノブに手をかけた。

『来るんじゃないよ!!』

その途端、ばあちゃんの鋭い叱責《しっせき》の声が聞こえてきた。

『シン、いいかい？　ここは女の戦場だ！　今シシリーは自分の命を懸けて新しい命を産み出そうとしてるんだ。アンタにできることは励《はげ》ますことだけ。アンタが手を出すより治癒魔法士の一人も付けたほうがマシってもんだ』

「で、でも！　俺も治癒魔法使えるよ！」

『知ってるよ！　けど、察してやりな。女は惚《ほ》れた男に、こんな姿は見られたくないもんなんだよ』

「！」

その言葉で、俺はドアノブから手を離してしまった。

そのとき。

『シンくん……』

「！　シシリー⁉」

『お、かえりなさい、シンくん』

「ただいまシシリー」

『シルバーは？　どう、してます、か？』

その声にハッとした。

そういえば、帰ってきてからシルバーを見ていない。

後ろにいる爺さんを振り返ると「別室で寝かせておるよ。シンの作った防音の魔道具を起動させてな」と言った。

「大丈夫、良い子でねんねしてるよ。だから、シシリーは気にしないで」

『は、い……いいいぃああああああああっ‼』

「‼」

また聞こえてきたシシリーの絶叫に、俺は思わず拳を握り締めた。

俺にできることがなんにもなくて、俺はフラフラと後退り、爺さんの隣に用意されていた椅子にドスンと座り込んだ。

そんな俺を見た爺さんは、子供の頃のように俺の頭をガシガシと撫でた。

「シンは初めての経験じゃからの。驚くのも無理はなかろうが……部屋の中には優秀な女医さんも、経験豊富な産婆さんも、ウチのババアもおる。心配することはないよ。もっとどっしり構えておらんか」

「じいちゃ……」

『誰がババアだい！　くそジジイ‼』

いつになく頼もしい爺さんにお礼を言おうとしたら、部屋の中からばあちゃんの怒声が聞こえてきた。

「「……」」

部屋の外の、あんな小さい声を拾ったのかよ。

どんだけ余裕なんだよ、ばあちゃん。

これは本当に大丈夫そうだと、俺と爺さんは顔を見合わせて笑ってしまった。

そうして、どれくらいの時間が経ったのだろうか。

体感としては凄く長い時間に感じたけど、外はまだ夕焼けだからそんなに時間は経ってない。

そんなタイミングで、リビングの方が騒がしくなった。

「シン！　どうだ⁉」

「シシリーは大丈夫なの⁉」

真っ先に階段を上がって寝室に辿り着いたのはオーグとマリアだった。

「まだ。ばあちゃんが言うには大丈夫らしいけど、中が見られないから……」

そのときだった。

『あああん！　ああああああん！』

「「「!!」」」

突如部屋の中から響き渡った甲高い泣き声。

その声は、元気に、どこまでも大きく家中に響き渡った。

それを聞いた瞬間、俺は情けなくも床にへたり込んでしまった。

そして、呆然と部屋の扉を見ていると、その扉がゆっくりと開いた。

「おやまあ、なんて情けない恰好をしているんだい」

「ばあちゃん……」

「もうこれで、二児の父親になったんだ。しっかりおし！」

「!!」

ばあちゃんのその声で、俺は弾かれるように立ち上がり、すぐに部屋に入った。

するとそこには、グッタリしつつもしっかりと意識のあるシシリーがいた。

「シン君……」

「シシリー……」

その姿を見た俺は、思わず涙ぐんでしまった。

こんなにグッタリするまで、シシリーは命懸けで赤ちゃんを産んでくれたんだ。

そう思ったら、愛おしさが溢《あふ》れて止まらなかった。

「シシリー、ありがとう……お疲れ様」

そう言って額《ひたい》と額をコツンと合わせると、シシリーの目にも涙が浮かんでいた。

「はい。頑張りました」

そのまましばらく見つめ合った俺たちは、軽いキスをしたあと離れた。

その時、俺たちに近寄ってくる人物に気が付いた。

「おめでとうございます。元気な女の子ですよ」

近付いてきたのは産婆さんで、その腕には産着《うぶぎ》に包まれた小さな小さな赤ん坊が抱かれている。

髪の色は俺と同じ黒髪で、顔立ちは……どうなんだろ？　産まれたてでクシャクシャだからよく分からない。

だけど……ああ、産まれた。やっと会えた。俺たちの娘、シルバーの妹。その赤ちゃんはシシリーの枕元に寝かされた。

「ふふ、私も見るのは初めてなんです。産まれてすぐ連れて行かれちゃって」

「そうなんだ」

「はい。ああ、やっと会えたね、私の赤ちゃん。シン君の赤ちゃん。初めまして、ママですよ」

そう言うシシリーの目には、再び涙が浮かんでいた。

このあと、ドカドカと押し寄せてきた皆も産まれたての娘を見たがったが、まず最初にシルバーだということで、シルバーに赤ちゃんを見せた。

しばらく産まれたての赤ちゃんを見ていたシルバーが、恐る恐る赤ちゃんに手を差し伸べると、赤ちゃんがその手をきゅっと握った。

「‼」

そのことに驚いたのか目を見開いたシルバーだったが、すぐに落ち着き、産まれたばかりの妹をジッと見ていた。

「シルバー、あなたの妹よ。仲良くしてね」

シシリーの言葉を聞いたシルバーは、しばらくじっとしていたかと思うと、コクリと頷いた。

「うん。ぼく、おにちゃだから」

そう言って笑うシルバーは、とても頼もしく俺たちの目に映っていた。

その後、産まれた娘に『シャルロット』という名前を付け、シャルという愛称で呼ばれる娘は、ウォルフォード家のアイドルになった。

そして、それから間を置かずに、オリビアとエリーも出産した。

オリビアはマークの茶髪とオリビアの青い目を受け継いだ男の子を。

エリーは、エリーによく似た薄い金髪とオーグに似た顔立ちの女の子を、それぞれ出産した。

ビーン工房は、待望の跡取り誕生に、大騒ぎになったらしい。

ある程度大きくなったら、簡単なものから作らせていくらしい。

英才教育だなあ。

エリーのとこは、男の子じゃなくて女の子だったんだけど、アールスハイド王国は男子継承でも長子継承でもないらしい。

なので女の子でも男の子でも継承権はあるし、本人が望まなかったり、不適格とみなされたりした場合は、男の子の長子でも王位は継げないらしく、子供は男でも女でも、どちらでも構わないというのが基本なのだそう。

それよりも、王太子妃になってすぐ元気な子供を産んだことで、エリーの評価は益々《ますます》あがったそうだ。

こうして、ウォルフォード家、ビーン家、王家に、新しい家族が仲間入りした。

ほぼ同じ日に生まれたこの三人は、この先幼馴染みとして過ごしていくだろう。

俺が幼少期に手に入れられなかったものを、この三人はすでに手にしている。

ちょっと羨ましいなと思いつつも、その関係を見守ってやって、ときに優しく、時に厳しく導いてやらねばならないと、そう決意した。

「シルバーにあれだけ甘いお前が、娘相手に叱れるのか？」

「……」

そうできるように頑張ろうと、決意した。

「はあ、やれやれ」

そう言って肩を竦《すく》めるオーグは、いつもの呆《あき》れた顔ではなくて、とても楽しそうな顔をしていた。

（つづく）

あとがき

『賢者《けんじゃ》の孫《まご》』十五巻をお手に取っていただき、誠にありがとうございます。吉岡剛《よしおかつよし》です。

この巻では、今まで書いてこなかったオーグとエリーの恋愛事情について書いています。

その結果、オーグが主人公みたいになった巻でした。

そして、シシリー、オリビア、エリーと、三人の女の子が妊娠《にんしん》し出産までこぎつけました。

ライトノベルでここまで書くことは少ないかとは思うのですが……私は、最後に主人公がヒロインと結ばれ、子供も産まれて幸せに暮らしましたとさ、という物語を見てきて、続きが読みたいと常々思っていました。

ですが、そういったお話は中々ないので、また『じゃあ、自分で書こう』と思ったのです。

なので、まだお話は続きますし、子供たちも出てきます。

もしよろしければ、続きのお話にもお付き合いいただければ幸いです。

まだ回収していない話もありますしね……。

ちゃんと回収できるように頑張ります。

それでは謝辞《しゃじ》を。

担当S氏には、このコロナ禍《か》の中でも色々と尽力《じんりょく》していただきました。

いつもありがとうございます。

そして、いつも素晴《すば》らしいイラストを描いてくださる菊池《きくち》先生。

先日のラノベエキスポで久しぶりにお会いしましたが、お元気そうで何よりでした。

今回の表紙はアリスとマリアだったのですが、二人とも可愛らしく描いていただきました。

ありがとうございます。

そして、漫画担当の四人の先生方。

いつもネームや原稿《げんこう》が届くのを楽しみにしております。

そして、Ｗｅｂや書籍でいつもご覧いただいている読者の皆様。

皆様の応援のおかげで、こうして自分の考えた物語を発表することができております。

本当にありがとうございます。

これからも頑張りますので、今後ともよろしくお願いいたします。

二〇二一年　九月　吉岡　剛

■服装など毎回新規であるので、
割とその場のノリで描いてしまうことが多いです。
髪型なんかもキャラが分かればいいかと言う感じで、
イジってしまうことが多いです。
もちろんチェックは通してますが、
好き勝手に描かせて頂いて先生には感謝です。

■ご意見、ご感想をお寄せください。……………………………………………………
ファンレターの宛て先
〒102-8177　東京都千代田区富士見2-13-3　ファミ通文庫編集部
吉岡 剛先生　　菊池政治先生

FBファミ通文庫

賢《けん》者《じゃ》の孫《まご》15
和《わ》気《き》藹《あい》々《あい》な乙《おと》女《め》たち　1795

2021年9月30日　初版発行　◇◇◇

著　者　吉《よし》岡《おか》 剛《つよし》
発行者　青柳昌行
発　行　株式会社KADOKAWA
〒102-8177 東京都千代田区富士見2-13-3
電話 0570-002-301(ナビダイヤル)
編集企画　ファミ通文庫編集部
デザイン　coil 世古口敦志
写植・製版　株式会社スタジオ205
印　刷　凸版印刷株式会社
製　本　凸版印刷株式会社

●お問い合わせ
https://www.kadokawa.co.jp/ (「お問い合わせ」へお進みください)
※内容によっては、お答えできない場合があります。
※サポートは日本国内のみとさせていただきます。
※Japanese text only

ISBN978-4-04-736780-7　C0193

定価はカバーに表示してあります。